SV

Wladimir Tendrjakow
Die Nacht nach der Entlassung

Suhrkamp

Aus dem Russischen von Heddy Pross-Weerth
Titel der Originalausgabe: Noč' posle vypuska

Erste Auflage 1975

Druck: Wagner, Nördlingen
Printed in Germany

Die Nacht nach der Entlassung

1.

Wie alljährlich begann das Fest programmgemäß mit feierlichen Reden.

Ein Stockwerk tiefer, in der Turnhalle wurden Tische geschoben und die letzten Vorbereitungen für das »Bankett« getroffen.

Eben waren sie noch Zehntkläßler gewesen, und jetzt sahen sie schon gar nicht mehr wie Schüler aus: die Mädchen trugen schicke, figurbetonte Kleider, die Jungen Oberhemden in sinnverwirrenden Farben und Krawatten, die ihr plötzliches Erwachsensein gebührend unterstrichen. Und alle genierten sie sich – wie Geburtstagskinder, die sich auf ihrer eigenen Party fremder fühlen als die geladenen Gäste.

Direktor Iwan Ignatjewitsch, ein imponierender Mann mit athletischen Schultern hielt seine pathetische Ansprache: »Vor euch liegen tausend Wege. Sie alle stehen euch offen, aber nicht jeder Weg wird für alle gangbar sein . . .«

Iwan Ignatjewitsch nahm sich die Absolventen wie gewöhnlich in der Reihenfolge ihrer Schulerfolge vor. Als erste kam die unvergleichliche Julja Studjonzewa, die vom ersten Schultag an allen anderen weit überlegen gewesen war: »Sie wird jedem Institut unseres Landes zur Zierde gereichen . . .«

Ihr folgte die kleine Kohorte der namentlich

aufgerufenen »zweifellos Begabten«. Zu ihnen gehörte der baumlange Genka Golikow. Jeder wurde seinen Verdiensten entsprechend gelobt. Als nächste Gruppe hob der Direktor, allerdings ohne Lobesworte, die »selbständigen Naturen« hervor – eine Formulierung, die sich durch ihre Ungenauigkeit auszeichnete. Der Direktor sprach von »Igor Prouchow und andere«. Wer die »anderen« waren, sagte er nicht, setzte es wohl als bekannt voraus. Und schließlich kam er zu »den übrigen« – sie blieben namentlich ungenannt –, denen »die Schule alles Gute und Erfolg im Leben wünscht«. Zu diesen übrigen gehörten Natka Bystrowa, Vera Sherich und Sokrates Onutschin.

Juletschka, die Anführerin ihrer Mitschüler zu den ersehnten tausend Wegen, war als Rednerin für die Laudatio ausersehen. Wer, wenn nicht sie, hatte der Schule zu danken für all die mit ihrer Hilfe erworbenen reichen Kenntnisse, für die zehnjährige intensive Betreuung, für die unlösliche Verbundenheit mit der Schule, die alle mit so großer Wärme erfüllte.

Sie erhob sich von ihrem Platz, ging nach vorn zum Präsidiumstisch – nicht groß, in weißem Kleid mit einem Mullfichu, weiße Schleifen in den Zöpfen, ein halbwüchsiges Mädchen, gar nicht wie eine Schulabsolventin. Das zartgeformte Gesicht trug wie immer jenen Ausdruck strenger Besorgtheit, der selbst für einen Erwachsenen zu streng war. Sie ging hoch aufgerichtet, in ihrer Kopfhaltung lag bescheidener Stolz.

»Mir wurde die Ehre zuteil, eine Rede zu halten. Ich werde sprechen – aber über mich, ausschließlich über mich . . .«

Diese Erklärung, von der sich nie irrenden, nie Fehler begehenden Klassenbesten kategorisch ausgesprochen, erstaunte und beunruhigte niemanden. Der Direktor lächelte ermunternd, nickte zufrieden und setzte sich auf seinem Stuhl bequem zurecht. Wovon sollte sie schon sprechen wollen außer von Dankbarkeit, sie, die in der Schule nur Lob geerntet hatte, nur Bewunderung? Die Gesichter der Mitschüler zeigten daher auch bloß das übliche pflichtschuldige, höflich gelangweilte Interesse.

»Liebe ich die Schule?« In ihrer Stimme schwang ein aufgeregter Unterton mit. »Ja, ich liebe sie! liebe sie sehr! . . . Wie ein Wolfsjunges seine Höhle . . . Und jetzt muß ich meine Höhle verlassen, die Geborgenheit, die Sicherheit. Und vor mir sind plötzlich – tausend Wege! Tausend . . .!«

Durch die Aula lief ein schwaches Flüstern.

»Welchen soll ich gehen? Diese Frage stellte sich mir schon oft. Immer wieder. Ich habe sie immer wieder beiseite geschoben, mich vor ihr versteckt. Jetzt kann ich mich nicht mehr verstecken. Jetzt muß ich gehen, aber ich kann es nicht, habe es nicht gelernt, weiß nicht wohin ... Die Schule hat mich gezwungen, alles, was *sie* wollte, zu lernen und zu wissen. Nur eins hat sie mich nicht gelehrt: selbständig zu urteilen, zu wissen, was *mir* gefällt, was ich liebe, was ich selber will. Mir hat manches Spaß gemacht, anderes nicht. Und wenn etwas keinen Spaß machte, dann war es ein bißchen schwieriger, das heißt, man mußte sich etwas mehr anstrengen, um die »Eins« zu bekommen, die von der Schule gefordert wurde. Und ich habe der Schule gehorcht und ... und ich wagte nicht, irgend etwas wirklich stark zu lieben ... Jetzt schaue ich mich um, und es kommt mir vor, als liebte ich – nichts! Nichts, außer Mama, Papa und der Schule. Tausend Wege – für mich sind sie alle gleich dunkel, ich kann sie nicht unterscheiden! Sie glauben, ich müßte glücklich sein –. Mir ist schrecklich zu Mute. Ganz schrecklich.«

Juletschka hielt inne, blickte unruhig mit ihren wachsamen Vogelaugen um sich und in den schweigenden Saal. Aus der Turnhalle drang das Geräusch der Bankettvorbereitungen herauf.

»Mehr habe ich nicht zu sagen«, erklärte sie und ging mit kleinen, zuckenden Schritten auf ihren Platz zurück.

2.

Vor zwei Jahren war das Alkoholverbot für die Abschiedsfeiern der Oberschulen erlassen worden.

Olga Olegowna, die Unterrichtsleiterin, war darüber sehr erzürnt gewesen und bekämpfte es energisch, wo sie nur konnte. »Wir behaupten immer, das Abschlußfest sei das Tor zur Welt der Erwachsenen, die erste Stunde der Selbständigkeit. Und dann gängeln wir die jungen Leute wie Kinder. Das muß sie doch kränken. Bestimmt bringen sie sich nun heimlich Wein mit und aus Protest womöglich auch stärkere Sachen.«

Olga Olegowna wurde hinter ihrem Rücken »der weise Oleg« genannt: »Der weise Oleg hat gesagt . . .« »Der weise Oleg hat verlangt . . .« Und immer gab der Direktor ihrem Drängen nach. Nun hatte Olga Olegowna die Mitglieder des Elternrats auf ihre Seite gebracht und überzeugt: auf den festlich geschmückten Tischen standen Flaschen mit trockenem Wein und süßem Likör. Dem Direktor entlockten sie mißmutige, ärgerliche Seufzer, ihm schwanten schon unangenehme Diskussionen mit der städtischen Schulbehörde.

Immerhin gab es auf den Tischen mehr Blumensträuße als Flaschen. Der Abschiedsabend würde also schön und wohlanständig verlaufen:

fröhlich selbstverständlich, aber in den Grenzen des Zulässigen.

Und es war, als habe es die befremdliche Rede von Juletschka Studjonzewa überhaupt nicht gegeben. Toaste auf die Schule wurden ausgebracht, auf die Lehrer, Gläserklingen, Lachen, wogende Gespräche, glückliche, festtäglich gerötete Gesichter. Es war bei weitem nicht das erste Abschiedsfest in dieser Schule, und es begann wie alle anderen.

Und doch durchzog die warmherzige, gesprächige Fröhlichkeit ein ganz leichter, kaum spürbarer kühler Luftzug, ein kaum wahrnehmbares Aufderhutsein. Der Direktor wirkte leicht zerstreut. Olga Olegowna war schweigsamer als sonst, die Kollegen warfen hin und wieder forschende Blicke zu ihr hinüber. Und Juletschka saß niedergeschlagen am Tisch. Von Zeit zu Zeit kam jemand zu ihr gelaufen, stieß mit ihr an, wechselte ein paar Worte, drückte seine Solidarität mit ihr aus und lief wieder fort.

Wie immer löste sich die Tischordnung bald auf. Die ehemaligen Zehntkläßler verließen ihre Plätze, nahmen ihre Stühle mit und scharten sich um die Lehrer. Das dichteste Gedränge bildete sich um Nina Semjonowna, die Lehrerin der ABC-Schützen. Sie hatte vor zehn Jahren alle diese jungen Leute an der Klassentür empfangen, ihnen ihre Plätze angewiesen, sie gelehrt, mit der Fibel umzugehen.

Zwischen ihren ehemaligen Schülerinnen drehte sich Nina Semjonowna von einer zur andern, konnte ihr Staunen kaum zurückhalten:

»Natotschka! Vera! Ich fasse es nicht!«

Vorsichtig tupfte sie mit ihrem Tüchlein ein paar Tränen der Rührung von den getuschten Wimpern.

»Du liebe Zeit! Ihr seid ja größer als ich!«

Natka Bystrowa überragte Nina Semjonowna um einen halben Kopf, auch Vera war größer als sie.

»Aber für uns bleiben Sie unsere allerälteste Lehrerin, Nina Semjonowna!«

Die »alte Lehrerin« zählte kaum dreißig Jahre, eine harmonische Erscheinung, hellhäutig und hellhaarig. Diese erste Schulstunde der jetzt Entlassenen war ihre eigene erste selbständige Unterrichtsstunde gewesen.

»So erwachsene Schülerinnen habe ich! Nein, wie bin ich alt geworden . . .« und wieder betupfte sie mit dem Tüchlein ihre Augen. Die Mädchen umringten und umarmten sie, auch sie weinten vor Freude.

»Nina Semjonowna, dürfen wir mit Ihnen Bruderschaft trinken?« bat Natka. »Auf du und du, ja?«

Sie verschränkten die Arme, tranken aus, umarmten und küßten sich.

»Nina, du bist wunderbar! Wirklich! Wir werden dich nie, nie vergessen!«

»Natotschka, wie hübsch du geworden bist, ich muß dich immerzu ansehen. Du warst so ein häßliches junges Entlein, und jetzt bist du eine Schönheit, wer hätte das gedacht ... Und Juletschka, wo ist denn Juletschka? Warum ist sie nicht hier?«

»Julka! Hej, komm her!«

»Ja, Juletschka, du weißt gar nicht, wie oft ich über dich nachgedacht habe. Du bist die erstaunlichste Schülerin, die ich je gehabt habe ...«

Bei dem langen Physiker Pawel Pawlowitsch Reschnikow und dem Mathematiker Innokentij Sergejewitsch, dessen eine Gesichtshälfte von einer tiefen Narbe zerfurcht war, sammelten sich die ernsthaften Jünglinge. Küssen und umarmen, selig in Gefühlen zerfließen, das hielten sie für tief unter ihrer Würde. Sie führten gemessene Gespräche, ohne Sentimentalitäten.

»In der Physik gab es nacheinander zwei Revolutionen: die Relativitätstheorie und die Quantenmechanik. Eine dritte wird es wohl nicht so bald geben. Lohnt es sich da überhaupt, sein Leben der Physik zu widmen, Pawel Pawlowitsch?«

»Du irrst, mein Freund: die Revolution geht weiter. Ja! Sie vollzieht sich nur auf einem anderen Gebiet – heute machen die Astrophysiker die ungeheuerlichsten Entdeckungen. Morgen wird die Physik sich etwas anderes untertan machen, vielleicht Kristallographie.«

Genka Golikow im Feststaat schlug ein Bein übers andere, urteilte würdig und gesetzt, erfüllt von Hochachtung vor sich selbst und vor seinen Gesprächspartnern.

Um den Direktor Iwan Ignatjewitsch und den Unterrichtsleiter Olga Olegowna hatte sich auch ein Grüppchen gebildet. Hier führte der kleine Wassja Grebennikow das große Wort. Er sah sehr malerisch aus in seinem schwarzen Sonntagsanzug, der großgemusterten Krawatte und den eleganten Lackschuhen. Wie immer steckte er randvoll mit Prinzipien. Er war der beste Aktivist der Klasse gewesen, unermüdlicher Kämpfer für Disziplin und Ordnung. Jetzt verteidigte er die Ehre der Schule, die Juletschka schnöde angegriffen hatte:

»Unsere alma mater! Selbst Julka, und wenn sie noch so hoch hinaus will, kann ihr nichts wollen ... Nein! Ausgeschlossen! Niemand kann uns die Erinnerung an die Schule nehmen!«

Dem entrüsteten Wassja stand der schmunzelnde Igor Prouchow gegenüber. Er war ziemlich nachlässig, um nicht zu sagen schlampig, angezogen: sein Hemd war durchaus nicht das frischeste, die Hose zerdrückt. Auf Backen und Kinn lag ein dunkler Schatten – Jünglingsflaum, den noch kein Rasiermesser berührt hatte.

»Angesichts der hohen Obrigkeit sage ich ...«

»Ehemaligen Obrigkeit«, korrigierte Olga Olegowna lächelnd.

»Also gut, ehemaligen Obrigkeit, aber wie bisher verehrt und geachtet! – sage ich: Julka hat recht. Und wie recht sie hat! Oft genug hätten wir am liebsten nur ins Blaue hineingesehen, statt dessen wurden wir gezwungen, auf die Tafel an der Wand zu starren. Es drängte uns, über den Sinn des Lebens nachzudenken, aber wir durften nicht – denkt gefälligst über gleichschenklige Dreiecke nach! Wir waren begeistert von Wladimir Wyssotskijs Chansons, aber nein, klassische Gedichte mußten auswendig gelernt werden. Für Folgsamkeit wurden wir gelobt und bestraft für Ungehorsam. Dir, Wassja, mag das gefallen haben, mir nicht! Ich hasse Halsband und Leine . . .«

Igor Prouchow gehörte in des Direktors Rubrik »selbständige Naturen«. Er war der beste Maler der Schule und ein anerkannter Philosoph. Er berauschte sich an seiner Anklagerede. Weder Olga Olegowna noch der Direktor unterbrachen ihn – sie lächelten duldsam und sahen einander an.

Auch der jüngste Lehrer, der Geograph Jewgenij Viktorowitsch fand seinen Gesprächspartner. Auf der faltenlosen glatten Stirn hatte er ein höchst unseriöses Muttermal, die rosigen Bakken waren mörderisch für jede Autorität. Vor ihm stand Sokrates Onutschin:

»Wir sind jetzt gleichberechtigte Bürger, Jewgenij Viktorowitsch, gestatten Sie, eine Zigarette bei Ihnen zu schnorren?«

»Ich rauche nicht, Onutschin.«

»So 'n Pech. Warum versagen Sie sich so kleine Dinge, die das Leben verschönern? Ich rauche schon seit der Fünften. Bis heute natürlich heimlich.«

Nur die Literaturlehrerin, Soja Wladimirowna saß allein am Tisch. Sie war die älteste im Kollegium, niemand war wie sie länger als vierzig Jahre im Dienst. Sie hatte schon unterrichtet, als sich die Schulen noch in unvollständige und vollständige unterschieden, als es schlimme Verweise für einen Fünfer gab und als Plakate die Bürger der jungen Sowjetunion dazu aufriefen, die Kulaken als Klasse zu vernichten. Ihr Leben lang bestand sie auf der Forderung nach Zucht und Ordnung, und es paßte dazu, daß sie nur dunkle, männlich geschnittene Kostüme trug. Jetzt waren die Stühle links und rechts neben ihr leer. Niemand setzte sich zu ihr. Aufrecht saß sie da, den mageren Altfrauenrükken hochgereckt. Ihr Haar war wie trüb gewordenes Aluminium, das Gesicht erinnerte an verwelkten Hahnenfuß.

Als die erste Tanzplatte aufgelegt wurde, geriet alles in Bewegung, die dichten Grüppchen lösten sich auf, im Saal schien es plötzlich doppelt so viel Menschen zu geben.

. . . .

Der Wein war ausgetrunken, die belegten Brote aufgegessen, schon begannen die Tanzplatten sich zu wiederholen.

Wassja Grebennikow zeigte seinen Zaubertrick mit der Uhr, die er unter einen umgedrehten Teller legte und dann mit höflicher Verbeugung aus der Tasche des Direktors holte. Wassja vollführte seine Kunststücke mit feierlichem Mienenspiel, und obwohl alle sie längst kannten, war ein Schul-Varieté ohne sie undenkbar.

War ein Fest erst bis zur Vorführung des Tricks mit der Uhr gediehen, konnte vom Abend nichts Besonderes mehr erwartet werden. Die Jungen und Mädchen standen in den Ecken herum, steckten die Köpfe zusammen, tuschelten.

Igor Prouchow suchte Sokrates Onutschin auf:

»Los Alter, raus jetzt mit uns an die frische Luft, ab in die Freiheit!«

»Wahr gesprochen, frater. Kommt Genka mit?«

»Ja, Natka und Vera auch . . . Wo ist deine Gusli, Barde?«

»Hier. Hast du die Kanonenkugel?«

»Ich meine übrigens, wir sollten Juletschka auch mitnehmen. Immerhin hat sie heute an den Grundfesten gerüttelt.«

»Soll sie mitkommen, frater, ich hab nichts gegen sie.«

Einer nach dem anderen wandten sich die Lehrer zum Ausgang zu.

3.

Die meisten Lehrer gingen nach Hause. Nur sechs blieben noch zurück.

Das Lehrerzimmer war hell erleuchtet. Hinter den weit offenen Fenstern reifte, sommerlich verspätet, die Nacht. Von der Straße stieg ein Hauch von abkühlendem Asphalt und Benzindunst herauf, ein Rest Pappelblütenduft wehte herein, letzte Spur eines vergangenen Frühlings.

Von unten aus der Turnhalle drangen die Klänge der Musik und das Scharren tanzender Füße ins Lehrerzimmer.

Olga Olegowna hatte hier ihren besonderen Platz – ein kleines Tischchen in der hinteren Ecke des Raums. Untereinander nannten die Lehrer diesen Platz die Staatsanwaltschaft. Kamen doch während der Konferenzen von hier ebenso häufig scharfe Anklagen wie entschiedene Verteidigungsreden.

Der Physiker Reschnikow stellte sich mit Innokentij Sergejewitsch ans offene Fenster, beide zündeten sich Zigaretten an. Nina Semjonowna setzte sich auf einen Stuhl neben der

Tür. Sie war hier nur zu Gast; für die Lehrer der Unterklassen gab es im anderen Trakt noch ein Lehrerzimmer – kleiner und bescheidener, sie hatten ihren eigenen Unterrichtsleiter und ihre eigene Schulordnung, nur der Direktor war derselbe: Iwan Ignatjewitsch. Er selbst setzte sich nicht, sondern ging mit mißmutig geblähtem Gesicht hinter den Stühlen auf und ab und wiegte leicht die Schultern. Er wollte offensichtlich zu verstehen geben, daß es nichts mehr zu besprechen gab, keinerlei Diskussion über das Fest angebracht sei. Soja Wladimirowna saß erhobenen Hauptes am Tisch, der fast die ganze Längsseite des Zimmers einnahm – auch hier wieder allein. Sie besaß das Talent, mitten unter Menschen allein zu bleiben.

Olga Olegowna sah die Anwesenden eine Weile an. Sie war schon weit über die vierzig, die Neigung zur Fülle stand ihr gut, erinnerte an das Wohlige und Nachgiebige einer Hausfrau, der Harmonie und Gemütlichkeit über alles gehn; auch ihr Gesicht unter dem ungebärdig krausen Haar wirkte weich, wenn auch nicht ausdruckslos. Energie verrieten nur die großen, dunklen, immer noch schönen Augen. Ja, auch die Stimme; sie war dunkel und stark, zwang sofort zur Aufmerksamkeit.

»Was sagen Sie zu Juletschkas Rede?« fragte Olga Olegowna.

Der Direktor blieb mitten im Zimmer stehen

und gab die schon bereitgehaltene Phrase von sich:

»Was ist denn schon Ungewöhnliches geschehen? Das Mädchen war – der Situation entsprechend – erregt und verwirrt, daher der etwas übersteigerte Ton.«

»Zum Dank für unsere Arbeit hat man ein übriges Mal den Kübel über uns ausgeleert«, stellte Soja Wladimirowna scharf fest.

Olga Olegowna betrachtete eindringlich Soja Wladimirownas verwelktes Gesicht. Sie mochten sich nicht und machten auch kaum einen Hehl daraus. Nach dieser Bemerkung fragte Olga Olegowna jetzt fast sanft:

»Sie sind also auch der Ansicht, es sei nichts Besonderes geschehen?«

»Wenn Sie schwärzesten Undank für nichts Besonderes halten –« rief Soja Wladimirowna aus und schlug ärgerlich mit ihrer ausgetrockneten Greisenhand auf den Tisch. ». . . und das Bedauerlichste daran ist: man kann sie nicht mehr in ihre Schranken verweisen, kann sie nicht mehr bestrafen. Diese Studjonzewa ist unserem Zugriff entzogen!«

Bei diesen Worten brauste Nina Semjonowna auf, und Tränen stiegen ihr in die Augen:

»Was heißt denn, in die Schranken verweisen? Bestrafen? Ich verstehe Sie nicht. Ich bin noch nie solchen Kindern begegnet . . . so feinfühligen, entgegenkommenden wie Juletschka

Studjonzewa. Durch sie ... ja, vor allem durch sie habe ich junges, törichtes, noch gänzlich unerfahrenes Geschöpf Mut zu mir selbst fassen können, habe erlebt, daß ich andere etwas lehren, ihnen zum Erfolg verhelfen kann.«

»Mir scheint, es ist doch etwas Besonderes vorgefallen«, Olga Olegownas Stimme hob sich kaum merklich.

Direktor Iwan Ignatjewitsch zuckte die Schultern.

»Julja Studjonzewa, unser Stolz, ein junger Mensch, in dem sich all unsere pädagogischen Hoffnungen zu verwirklichen schienen, spricht gegen uns. Unsere langjährige Arbeit spricht gegen uns. Ist das kein Anlaß zur Beunruhigung?«

Olga Olegownas Gesicht war blaß geworden. Herausfordernd sah sie von einem zum andern.

4.

Sie hatten heimlich eine große runde Flasche »Gamsy« in einer Plastiktüte beiseite geschafft – die Kanonenkugel. Sokrates Onutschin schulterte seine Gitarre. Drei Jungen und drei Mädchen aus der ehemaligen Klasse 10a hatten sich verabredet, die Nacht im Freien zu verbringen.

Der Bedeutendste in dieser Gruppe war Genka Golikow – in der ganzen Stadt berühmt. Offenes Gesicht, helles Haar, 1,90 Meter lang, breitschultrig, muskulös. Im Jiu-Jitsu-Zirkel der Stadt warf er sogar die ausgewachsenen Kerle aus dem Kombinat mit Leichtigkeit rücklings über den Kopf. Er war der Gott der kleineren Jungen und der Schrecken der Halbstarkenbanden aus der Siedlung Indien.

Der exotische Name war aus ganz gewöhnlichen Worten entstanden: individualjnoje stroiteljstwo (privater Hausbau) abgekürzt »indstroj«. Damals, als beim Aufbau des Kombinats die furchtbare Wohnungsnot geherrscht hatte, beschloß der Stadtsowjet, private Bauinitiativen zu unterstützen, und stellte am Stadtrand Gelände zur Verfügung. Dort konnte, wer wollte, sich ein Haus zusammenbasteln, ruck-zuck, im Handumdrehen, aus Brettern, Latten, Dachpappe, irgendwo aufgetriebenen Eisenteilen, sogar mit kleinen verglasten Veranden und ›Nebengebäuden‹. Inzwischen hatte sich die Stadt längst entwickelt, und viele der Urbewohner Indiens waren in die fünfstöckigen Wohnblocks mit Gas und Kanalisation übergesiedelt. Aber Indien verwaiste trotzdem nicht, dachte gar nicht daran auszusterben. Neue Bewohner kamen. Indien wurde Zufluchtsstätte für Obdachlose und dunkle Existenzen, hatte seine eigenen Regeln und Gesetze, die die Miliz oft zur Verzweiflung trieben.

Vor kurzem war dort ein gewisser Jaschka Topor aufgetaucht. Es ging das Gerücht, er habe seine Straffrist für eine »nasse Sache« (Totschlag) abgesessen. Jaschka hatte sich Indien im Nu untertan gemacht, und auch die ganze übrige Stadt fürchtete ihn. Erst neulich hatte Genka Golikow einen Zusammenstoß mit ihm. Genka war Sieger geblieben und hatte Jaschka vor den Augen seiner eingeschüchterten Clique mächtig aufs Kreuz gelegt. Jaschka hatte getan, als mache ihm das gar nichts aus, und nur gesagt:

»Schon gut, aber denk dran: Topor macht keine halben Sachen!« Seitdem mied Jaschka die Stadt. Genka war der gefeierte Held, der Beschützer der Schwachen.

Igor Prouchow, Genkas bester, ihm ebenbürtiger Freund, war auf seine Weise genauso berühmt, das heißt weniger er selbst als seine Hose, die er beim Malen trug. Ursprünglich aus naturfarbenem Segeltuch, blühte sie längst in den unwahrscheinlichsten Farben, weil Igor seit Jahr und Tag seine Pinsel an ihr abwischt. Voll Stolz nennt er sie: Pop-Art.

Außer in der Schule sind Igors Bilder noch nirgends ausgestellt worden. Und in der Schule lösten sie stets hitzige Skandale, manchmal sogar Schlägereien aus. Viele halten ihn für ein Genie, andere für einen Schmierer. Die Mehrheit allerdings glaubt an Igors Genialität. Seine Bäume sind rosa und die Sonnenuntergänge giftgrün, die Gesichter der Menschen sind augenlos, dafür haben die Blumen Wimpern und große Augen.

In der Schule war Igor noch durch ein anderes hohes Talent berühmt geworden: mühelos zum Beispiel bewies er, daß Glück eine schwere Strafe ist, und daß Schmerz Glück ist; Lüge – Wahrheit und Schwarz – Weiß. Niemand konnte ahnen, was er im nächsten Augenblick auf den Kopf stellen würde. Einfach umwerfend!

Natka Bystrowa ... Nach ihr drehten sich schon die Männer auf der Straße um: stolzes Gesicht, schön geschwungene Brauen, schlanker Hals, gerade Schultern, selbstbewußter Gang, aufrechte Brüste – Seht euch vor!

Noch vor kurzem war Natka ein gewöhnliches, langaufgeschossenes, eckiges, sorgloses, die Wissenschaften gering schätzendes Mädchen gewesen. Alle wußten, daß Genka Golikow sie anbetete. Doch ob Natka seine Gefühle erwiderte, das wußte niemand, auch Genka nicht.

Vera Sherich war Natkas Freundin – schwammig und breit, das Gesicht weich, groß und gerötet. Sie konnte weder singen, tanzen noch diskutieren, höhere Themen erregten sie nicht. Nur zu einem war sie immer bereit, Tränen über fremden Kummer zu vergießen, Streitende auszusöhnen, Fürbitte für andere einzulegen. Eine Geselligkeit ohne sie gab es nicht. »Mädchen der Kompanie« sagt Sokrates, und das ist aus seinem Munde ein gewaltiges Lob.

Über sich selbst sagt Sokrates: »Mama hat mich zur Witzfigur gemacht, der äußeren Gestalt wie dem Aushängeschild nach: Papas Familiennamen kreuzte sie mit einem altgriechischen Bräutigam, herauskam eine einmalige Hybride aus Antike und Hanswurst. Damit die Leute, wenn sie mich sehen, nicht vor Lachen bersten, muß ich stilvoll sein.« Und so trug Sokrates trotz des Schulverbots schulterlange Haare, die er aus Prinzip nicht kämmte, um den selten gewaschenen Hals ein geblümtes Mädchenkopftuch, auf der Brust ein Amulett: ein Stein mit einem Loch – ein Hühnergott; dazu nie gebügelte, sträflich enge, ausgefranste Jeans. Über der Schulter die Gitarre. Sein unruhiges, ständig Grimassen schneidendes Gesicht hatte lauter scharfe Ecken und Kanten. Die grauen, wimpernlosen Augen waren meist fröhlich, und ein unnachahmlicher Interpret der Lieder Wyssotskijs war er. Während man Genka in Indien zu den Feinden zählte, wurde Sokrates dort als Freund empfangen – seine Gitarre sang für alle, die zuhören wollten. Sogar für Jaschka Topor ...

Die sechste war Juletschka Studjonzewa.

Sokrates krümmte sich zusammen, schlug in die Saiten und sang das Lied von der Giraffe im

»gelben heißen Afrika«, die eine Antilope liebte:

Erhob sich da Geheul, Geschrei,
und nur der alte Papagei
kr-kr-krächzte aus den Zweigen:
Giraff' du bist so groß, so groß,
nun tu ihr doch eins geigen.

Juletschka, Arm in Arm mit Natka und Vera, machte ein strenges, abweisendes Gesicht.

Die Stadt endete jäh am Steilufer des Flusses. Hier auf der Höhe war ein kleiner Platz ausgebaut worden. In der Mitte erhob sich ein von jungen Linden umstandener Obelisk mit einer Marmortafel zur Stadtseite hin. Die Tafel war dicht beschrieben mit den Namen von Gefallenen:

Artjuchow, Pawel Dmitrijewitsch – Soldat
Basajew, Boris Andrejewitsch – Soldat
Butyrin, Wassilij Georgijewitsch – Oberfeldwebel . . .

und so weiter in zwei Namensäulen dicht untereinander. Nein, die Soldaten waren nicht hier gefallen, und sie lagen auch nicht unter dem Denkmal auf dem Platz begraben. Der Krieg war gar nicht an die Stadt herangekommen. Jene, deren Namen man aus dem Marmor der Tafel herausgemeißelt hatte, waren irgendwo gefallen: in den Wolgasteppen, auf ukrainischen Feldern, in den Sümpfen Belo-Rußlands, in Ungarn, Polen, Preußen – Gott weiß wo. Aber sie hatten hier gelebt, von hier aus waren sie in den Krieg gezogen und nicht zurückgekommen. Der Obelisk auf der Höhe des Steilufers war ein Grabmal ohne Tote, wie es viele in unserem Land gibt.

Die Welt jenseits des Uferkamms lag unbeweglich dunkel. Dort war Sumpf, nur Unterholz gab es da, keine Siedlungen, nicht einmal Dörfer. Kein Licht drang durch die feuchte Wand der Nacht. Aber diesseits eilten hellerleuchtete Etagen am Fluß entlang und die gleichmäßigen Reihen der Straßenlaternen; unruhig schweiften die roten Rücklichter der Autos, über den weit entfernten Dächern der Bahnhofsgebäude kaltes Neonlicht – Lichter, Lichter, Lichter – eine ganze Galaxis.

Der Obelisk mit den Namen der in fremden Ländern Gefallenen und Begrabenen steht auf der Grenze zweier Welten – der belebten und der unbelebten, des verschwenderischen Lichts und der undurchdringlichen Dunkelheit.

Er steht schon lange dort, dieser Obelisk, lange, ehe die kleine Ehrenkompanie, die hier mit einer Flasche Gamsy und einer Gitarre erschien, geboren war. Die jungen Leute kennen ihn seit eh und je. Vor vielen Jahren, als sie noch kaum die Buchstaben kannten, entzifferten sie die ersten Namen »Artjuchow Pawel Dmitrijewitsch – Soldat, Basajew . . .« Damals hatten sie nicht genug Geduld, die lange Liste bis zu Ende durchzubuchstabieren, und später hatten sie sich an die Tafel und den Obelisk gewöhnt. Ringsherum gab es so viele, weit interessantere Dinge: die Eisbude, den Fluß mit den Gründlingen und der Schiffslände, und dann am Ende des Platzes das Kino »Möwe«, dort zeigte man für 30 Kopeken, bitte sehr, den Krieg und die Verfolgung eines Spions und dann noch den Film »Na, warte!« mit dem glücklichen Hasen – man biegt sich vor Lachen. Die Welt mit dem Eis, den Gründlingen und den Filmen ist veränderlich, der Obelisk ist unveränderlich. Vielleicht warf jeder dieser kaum erwachsenen jungen Leute einen zufälligen Blick auf die Marmortafel, vielleicht durchzuckte sie für einen Augenblick die Frage, was das wohl für Menschen gewesen sein mochten – diese Artjuchows, Basajews und all die anderen, die gefallen waren. Krieg – das war lange, lange her. Und davor hatte es einen anderen Krieg gegeben, den Bürgerkrieg. Und die Revolution. Und vor der Revolution hatten Zaren regiert, der berühmteste war Peter I. gewesen, auch der hatte Krieg geführt ... Der jüngste Krieg lag für die jungen Leute nicht in ganz so nebelhaft grauer Vorzeit. Wäre der Obelisk eines Tages plötzlich verschwunden gewesen, sie hätten es sofort gemerkt. Doch jetzt stand er da, unbeweglich, kein Anlaß also, ihn zu beachten.

Sie waren zu ihm herauf gekommen, weil es

hier oben auch nachts schön ist – unten liegt die lichtübersäte Stadt, die vom Laternenschein durchfluteten Linden rings um den Obelisk rauschen, und vom Fluß herauf duftet die Nacht. Und außerdem ist es hier zu dieser späten Stunde menschenleer, niemand stört. Eine Bank ist da und die schwere, rundbauchige Flasche Gamsy, die aussieht wie eine altmodische Kanonenkugel. Der rote Wein darin wirkt im fahlen Neonlicht ganz dunkel, fast schwarz, schwarz wie die Nacht, die das Steilufer bedrängt.

Eine Flasche Gamsy und ein Glas für alle. Sokrates reichte Vera die Gitarre zum Halten hinüber und begann mit Sachkenntnis die Kanonenkugel zu öffnen.

»Fratres! Laßt uns reihum aus dem Friedenspokal trinken!«

Igor bat höflich:

»Wenn niemand Einwände erhebt, daß ich . . .«

Es konnte gar keine Einwände geben: Igor Prouchow, der große Meister hoher Rhetorik hatte den ersten Toast auszubringen.

Sokrates, die Flasche zärtlich im Arm, goß vorsichtig ein, langsam bis das Glas randvoll war.

»Los, Cicero!« feuerte Genka den Freund an.

Igor war kräftig, zottelhaarig, mit vorspringender großer Nase. Die steilen Backenmuskeln verschatteten seinen sprießenden Künstlerbart, den wachsen zu lassen, Igor schon vor dem Examen geschworen hatte. Er hob sein Glas, schnupperte träumerisch daran, schwieg ein, zwei Minuten, damit ein jeder sich vom erhabenen Augenblick durchdringen lasse und erwartungsvoll erbebe.

»Freunde, Gefährten!« tönte seine Stimme nun in hallendem Pathos. »Was haben wir heute überschritten? Was haben wir heute erreicht?«

Sokrates, der die Gitarre wieder an sich genommen und Vera dafür die Flasche gegeben hatte, griff scharf in die Saiten und jauchzte:

»Freiheit! Es lebe die Freiheit – drei mal hoch! Die Frei-ei-heit!«

Auf eine solche Angriffsmöglichkeit hatte Igor gewartet:

»Dieser homo heidelbergensis da will Freiheit!« dröhnte Igor, »wollt ihr das etwa auch?«

»Warum nicht?« stimmte Genka vorsichtig zu und lächelte.

»Freiheit für alle oder nur für sich selbst?«

»Hältst du uns etwa für Tyrannen, Knabe mit dem Barte?«

»Freiheit für alle –? Ha, wach auf, o Volk! Soll der Schurke die Freiheit haben, Verbrechen zu begehen? Der Mörder – die Freiheit zu morden? Freiheit für alle? Oder, ihr freiheitsduseligen Tranköpfe, glaubt ihr etwa, die Menschheit bestehe aus lauter Unschuldslämmern?«

Igors rhetorische Stärke lag darin, sein Publikum zu schmähen. Er reckte die Schultern, streckte das im Kontrast zur hellen Stirn dunkle Kinn und begann seine Zuhörer zu zerschmettern:

»Vernehmt denn, Unwissende, daß selbst die Mäuse, diese kläglichen Kreaturen, sich zusammenschließen und eine Ordnung besitzen: die einen herrschen, die anderen werden beherrscht! Das ist so bei den Mäusen, ebenso bei unseren Brüdern, den Affen, und genauso bei uns Menschen! C'est la vie!! Das Leben kennt nur die Alternative: unterwerfen oder unterworfen werden. Entweder oder! Einen Mittelweg gibt es nicht und kann es nicht geben!«

»Und du wirst natürlich herrschen?« fragte Genka.

Nun wiederholte sich ein Schauspiel, das es innerhalb der Schulmauern Tausende von Malen gegeben hatte: Igor behauptete, Genka widersprach. Der Philosoph der Klasse 10a hatte nur einen Opponenten, der ihm das Wasser reichen konnte, Genka.

»Na – türlich!« stimmte Igor mit majestätischer Herablassung zu, »beherrschen.«

»Warum umgibst du dich dann mit den Pinseln eines Malers, Julius Caesar? Wirf sie fort und gürte dich mit schärferen Waffen. Auf daß alle sich fürchten und sehen: du kannst Schädel spalten.«

»Ha! Hört ihr Völker!« Igors Nase rötete sich vor Vergnügen. »Ihr alle hier, Ihr Primitivlinge, haltet dafür, der Pinsel des Künstlers sei leicht, sei stumpf. Er ist treffsicher und schwer! Schwerer als Kanonen, Tanks, Bombengeschwader und Wasserstoffbomben! Ihr seid auf dem Holzweg, Philister!«

»Vivat! Caesar mit Palette statt mit Schild!«

»Jawohl, geliebte Philister, Caesar droht euch mit der Palette. Und er wird euch besiegen. Nein, erschreckt nicht, dieser Caesar wird eure Quadratschädel nicht einschlagen, er wird euch nicht mit Atombomben zerfetzen. Er wird eine Weile, von euch vergessen, von euch verachtet, in einer Mansarde mit seinem Pinsel über die Leinwand fahren. Doch dann, eines Tages, wird in eure monolithischen Schädel das von ihm bereitete vielfarbige Gift einsickern: ihr werdet euch an dem freuen, woran der neue Caesar sich freut, werdet hassen und verachten, was er haßt und verachtet, folgsam auf seinen Befehl lieben, folgsam ablehnen, ihr werdet absolut in seine Macht geraten . . .«

»Und wenn das nicht geschieht? Wenn die Philisterschädel sich als undurchdringlich erweisen? Oder ist das ganz unmöglich?«

»Das ist möglich«, stimmte Igor ruhig und gewichtig zu.

»Und was dann?«

»Dann wird es in der Welt ein winziges,

vollkommen belangloses Ereignis geben, eine absolute Bagatelle: dann verreckt hinter einem Zaun ein gewisser Igor Prouchow, dem es nicht gelang, Caesar zu werden.«

»Das jedenfalls kann ich mir sehr genau vorstellen.«

Igor hob sein Glas hoch über den Kopf:

»Ich, der ehemalige Sklave der Schule Nummer Drei, trinke jetzt auf die Macht über andere! Ich wünsche euch allen, zu herrschen, so gut ihr es vermögt!«

Feierlich zelebrierend senkte er die Nase tief über das Glas, tat dann einen gewaltigen Schluck, streckte es, ohne hinzusehen, mit herrscherlicher Gebärde Sokrates entgegen, wartete ab, bis der neu eingeschenkt hatte, und reichte das Glas Genka hin:

»Alter, weisest du die dargebotene Hand zurück?«

Genka nahm das Glas und dachte nach. Über sein Gesicht huschte ein schwaches Lächeln. Schließlich schüttelte er seine Haare zurück:

»Auf die Macht? ... Meinetwegen! Aber nimm's mir nicht übel, Caesar, anstoßen möchte ich mit jemand anderem.«

Und er ging zu Natka hinüber.

»Ich trinke auf die Macht, ja! Aber auf die Macht über sich selbst, auf die Selbstbeherrschung!«

Genka trank das Glas so rasch in einem Zug

aus, daß ihm die Augen feucht wurden, versuchte dann, die unbeteiligt dasitzende Natka in den Blick zu bekommen.

»Sokrates, füll nach!«

Sokrates tröpfelte vorsichtig und geizig das Glas nur halb voll:

»Das reicht für 'n Mädchen. Schließlich ist die Flasche ja nicht unerschöpflich.«

»Natka«, bat Genka, »mach schon.«

Natka erhob sich, richtete sich gerade auf, nahm mit malerisch trägen Bewegungen das Glas entgegen. Ihr Gesicht lag im Schatten, nur Stirn und Augenbrauen waren beleuchtet, der bis zur Schulter nackte, weiche weiße Arm mit den blassen Fingern, die das Glas mit dem dunklen Wein hielten, schimmerte.

»Natka, bitte!«

Igor Prouchow beobachtete sie von der Seite her mit mild herablassendem Lächeln.

Natka war so weit, die Augen verdunkelten sich streng, sie hob das Glas:

»Irgendwann einmal, Genka, werde ich auf die Macht trinken – nicht auf meine eigene. Auf eine andere, mir überlegene Macht. Noch ist es dafür zu früh, noch bin ich nicht so weit. Jetzt trinke ich auf die Freiheit.«

Und als sie den Kopf zurückbog, zeigte sich für einen Augenblick weiß und schutzlos die Kehle.

Mit einem Schlag kam Genka alles langweilig

und öde vor, und in Igors weisem Lächeln war ein neuer Zug: Mitgefühl.

Sokrates war schon neben Vera.

»Ich – auf die Macht?« Veras rote Backen dehnten sich breit und glücklich.«

»Genier dich nicht, Mütterchen, genier dich nicht.«

»Über mich wird sowieso immer irgend jemand Macht haben.«

»Klar! Und darauf trink gefälligst.«

»Also gut, auf die, die mich beherrschen werden! Möge ihre Herrschaft nicht allzu schwer auf mir lasten.«

»Vivat, Mütterchen, vivat! Durchaus ehrenhafte Abweichung! . . . Julka, du bist dran. Hej, Caesar mit der Palette, jetzt hör, wie Julka dir eins draufgeben wird.«

Juletschka nahm das Glas, betrachtete lange den schwarzen Wein:

». . . Igor, du sagst, sogar Mäuse unterwerfen sich gegenseitig. Und *das* nimmst du dir zum Vorbild – auf Mäuseart zu leben, wo der Starke den Schwachen knebelt? . . . Ich will das nicht.«

Juletschka sah vom Glas auf zu Genka hinüber. Der unruhig besorgte, aufmerksame Blick hatte wie so oft etwas Vogelhaftes. Genka tat unwillkürlich einen Schritt zurück ins Dunkle, doch Juletschka ging auf ihn zu. Sie vergötterte Natka als etwas unerschütterlich Großartiges, wie eine Marmorgöttin im Museum.

»Genka«, sie trat dicht an ihn heran, sah zu ihm auf und sagte mit einem kleinen Zittern in der Stimme: »Ich habe heute eingestanden, daß ich nicht weiß, wohin ich gehen soll. Und du weißt es auch nicht. Laß uns denselben Weg nehmen. Ja? Ich werde ein guter Wegggefährte sein, Genka, wirklich . . .«

Genka schwieg verlegen.

»Laß uns zusammen gehen, wir erobern Moskau, irgendein Institut, ja?«

Genka stand steif da, wandte die Augen ab, seine Backenknochen hatten sich gerötet. Sogar Igor war betreten. Sokrates mit der Flasche rieb sich verlegen die Beine. Für alle kam diese Eröffnung peinlich-überraschend. Juletschka war blaß, die Augen glänzten unruhig, wartend.

Genka starrte zu Boden und schwieg. Natka stand abseits wie eine Statue.

»Gut, Genka . . . Ich wußte – du würdest nicht antworten.« Sie sprach mit erfrorener Stimme, wie um sich selbst zu überzeugen: ich kann das vor allen aussprechen, ich habe den Mut dazu, ich zittere nicht . . .

Doch im selben Augenblick übermannte es sie, ihr Gesicht zog sich zusammen, sie wandte sich ab, krampfhaft hielt die dünne Hand das Glast fest.

»Warum? Warum war ich all diese Jahre – so allein, allein, allein? Warum habt ihr immer einen Bogen um mich gemacht? War ich euch nicht gut genug? Ich gefiel euch nicht. Ihr wolltet mich einfach nicht – aber warum bloß?!«

Vera Sherich lief zu Juletschka, umarmte sie mit ihrer ganzen bedrängenden Körperfülle:

»Juletschka! Muß denn dich jemand an die Hand nehmen? Du selbst hast doch immer die anderen angeführt.«

Igor sagte beiläufig:

»Daß du verwegen bist, Juletschka, haben wir bis heute nicht gewußt.«

Sokrates kasperte herum:

»Tränen, fratres, heute?! Ich sing euch was Lustiges!«

»Laß nur, ist schon gut . . .«

Juletschka löste sich von Vera, lächelte, und das Lächeln aus Wehmut und Zerbrechlichkeit machte ihr Gesicht hell.

»Darf ich auf dich trinken, Natka? Auf dein Glück. Auf ein Glück, das ich nie haben werde: alle fühlen sich zu dir hingezogen und werden sich immer zu dir hingezogen fühlen . . . Ich beneide dich. Ich leugne das nicht. Darum trinke ich auf dich.«

Natka bewegte sich nicht. Natka erwiderte nichts. Und Sokrates schlug die Saiten.

5.

Soja Wladimirowna hatte längst aufgehört zu zählen, wie oft sie in ihrem Leben eine Klasse verabschiedet hatte, und fast alle diese Abschlußfeiern hinterließen in ihr den wehen, bitteren Nachgeschmack, daß nun wohl alles zu Ende sei und das Leben keinen Sinn mehr habe.

Voller Hochachtung staunten die Leute: seit vierzig Jahren schon unterrichtet sie! In Wirklichkeit war es noch länger, fast ein halbes Jahrhundert, obwohl sie so alt noch gar nicht war – fünfundsechzig.

In ihrem Heimatdorf, einem armen, hinterwäldlerischen, hatte es vor der Revolution nur zwei Leute gegeben, die lesen und schreiben konnten – den Bezirksschreiber, der von den Bauern verlangte, daß sie ihn mit Herr Baron anredeten, und den wegen Trunksucht davongejagten ehemaligen Diakon. Selbst der Dorfreiche, Pankrat Kusowljow, der mit Flachs und Fellen handelte, konnte nicht einmal seinen Namen schreiben.

Zu Beginn der zwanziger Jahre kam ein Lehrer ins Dorf, ein tüchtiger Bursche, der an der polnischen Front eine Hand verloren hatte. Er unterrichtete nicht nur die Kinder, sondern auch die Erwachsenen und führte in die dörfliche Welt ein neues Wort ein »Likbes« – Liquidation des Analphabetentums.

Die Kinder lernten schneller als die Weiber und Männer und wurden selber zu Lehrern. Soja, die sechzehnjährige Tochter von Wolodja Rshawy, der das Vieh kurierte und leidenschaftlich Balalaika spielte, lehrte die vor Anstrengung schwitzenden Männer nach den Worten lesen: Wir sind keine Knechte, Knechte sind wir nicht.

Nach zwei Jahren schickte der Dorfsowjet Soja auf eine Lehrerbildungsschule, danach kam sie in ein Walddörfchen, das noch viel einsamer und abgelegener war als ihr Heimatort. Dort erwartete sie das Haus des vertriebenen Kulaken, in dem sie ihre Schule einrichten sollte. Anfangs bestand diese Schule aus einer einzigen Schar von Abc-Schützen aller Altersstufen, wo die jungen Burschen während des Unterrichts versuchten, auf Brautschau auszugehen. Später bildete sie vier Abteilungen, alle in einem Klassenzimmer, mit einer Tafel und einer einzigen Lehrerin für alle – Soja Wladimirowna.

Nach mehreren Fortbildungskursen wurde sie in eine Industriesiedlung versetzt, die sich vor ihren Augen in eine richtige Stadt verwandelte. Die alten Häuser und die alten Schulen wurden abgerissen, neue, helle, weiträumige gebaut, es kamen neue Lehrer – mit Hochschulbildung. Und Soja Wladimirowna mühte sich nach wie vor mit den Schülern ab. Vor allem widmete sie ihre Energie den faulsten, den unbegabtesten, denen, die weder die Schule noch den Quälgeist von Lehrerin liebten.

Die Lehrer mit Hochschulbildung sahen mit leiser Verachtung auf sie herab, doch in ihrer

Gewissenhaftigkeit bis zur Selbstaufopferung war sie ihnen allen voraus. Sie heiratete nicht, schaffte sich keine Familie an: wozu auch, wenn sie doch ihre ganze Zeit, all ihre Kräfte den Schülern, nur ihnen widmete.

Und jedes Mal, wenn diese Schüler die Schule verließen, sich zur Abschlußfeier versammelten, festlich gekleidet, und es den Anschein hatte, als seien sie mit dem letzten Examen plötzlich erwachsen geworden, dann blieb Soja Wladimirowna allein. Die Schüler umringten andere Lehrer, umarmten andere, küßten, tranken, diskutierten – und keinem kam es in den Sinn, auch zu ihr zu gehen, sie zu umarmen, herzlich mit ihr zu sprechen, ihr ein, wenn auch schnelles, »Leben Sie wohl!« zuzuwerfen.

Alle Kräfte, alle Zeit, jahrein, jahraus, von Jahrzehnt zu Jahrzehnt selbstvergessen – nur für die Schüler! Und die Schüler vergaßen sie, noch ehe sie die Schwelle der Schule zum letzten Mal überschritten hatten. Dafür hatte sie sich abgeschunden? Dafür hatte sie ihr Eigenstes geopfert? Aufs Leben verzichtet? . . . Sie mochte nicht mehr leben. Und lebte doch weiter, und ging nicht in Pension. Sie konnte ohne Schule einfach nicht sein. Ohne Schule wäre alles leer gewesen.

Die Undankbarkeit der Schüler hatte sie irgendwie noch ertragen können – sie war schließlich seit vielen Jahren daran gewöhnt.

Aber Undankbarkeit der Schule gegenüber ...! Juletschka Studjonzewas Rede kam ihr wie eine Ungeheuerlichkeit vor. Wenn irgendein anderer sich derartiges geleistet hätte, hätte es sie nicht so tief verletzt, aber die Studjonzewa! Von allen war sie auf Händen getragen, im Chor und einzeln gelobt und verwöhnt worden. Was Julja getan hatte, war Verrat, schwärzester Verrat, anders konnte man es nicht nennen. Doch Olga Olegowna macht Vorbehalte, sieht irgendwelche besonderen Gründe – »Anlaß zu Besorgnis ...« Soja Wladimirowna unterdrückte mühsam ihren Zorn und unterbrach das Schweigen:

»Sie meinen also, Olga Olegowna, daß *wir* schuldig sind und nicht etwa die Studjonzewa?«

»Worin soll denn ihre Schuld bestehen? Etwa darin, daß sie aussprach, was sie denkt?«

»Ich sehe hier nur eins: die Schule wurde verleumdet, angespien!«

»Und ich sehe Angst und Bedrückung. Es ist nun einmal quälend – und zwar für jeden – nicht zu wissen, wohin er sich wenden, welchen Weg er gehen soll. Nicht zu wissen, wofür man sich eignet.«

»Das liegt an ihr.«

»An ihr? Geht es denn ihr allein so? Sind denn etwa die anderen lauter selbstbewußte, zielstrebige Naturen? Weiß es Vera? Weiß es Natka Bystrowa? Wir können aus der ganzen

Abschlußklasse vielleicht einen einzigen ausnehmen: Igor Prouchow. Und er fand seinen Weg unabhängig von unseren Bemühungen, sogar gegen sie.«

»Ich empfinde dies in keiner Weise als meine persönliche Schuld!« fuhr Soja Wladimirowna auf.

»Haben Sie etwa nicht von den Schülern verlangt: ›Lern dies, lern das, ob du Lust dazu hast oder nicht‹? Haben Sie sie nicht gezwungen, gerade den ungeliebten Fächern mehr Kraft und Zeit zu widmen?«

»Kinder haben Lust, sich mit den Hunden auf der Straße zu balgen, in Torwegen herumzustehen, bestenfalls noch die Bücher der Brüder Strugatzkij zu lesen, aber nicht Tolstoj und Belinskij.«

»Wollen Sie etwa, daß ich Unwissenheit gegenüber nachsichtig sein soll, verehrte Olga Olegowna?«

Olga Olegowna betrachtete mit verhangenen Augen Soja Wladimirownas Gesicht, das wie verwelkter Hahnenfuß fahlgelb war.

»Ich muß Ihnen etwas ganz offen sagen.«

»Wollen Sie behaupten, daß Sie mir bisher etwas verschwiegen haben? Das ist doch die Höhe!«

»Ja, ich habe Ihnen etwas verschwiegen. Ich beobachte Sie seit langem und bin zu dem Schluß gekommen, daß Sie, Soja Wladimirowna, durch Ihren Unterricht Unwissenheit geradezu züchten.«

»W-w-w-was?«

»Ich bitte vielmals um Verzeihung, aber es ist so.«

»Meinen Sie das im Ernst, Olga Olegowna?«

»Sonst würde ich es nicht sagen. Ich werde gleich versuchen, den Beweis dafür anzutreten.«

Olga Olegowna bat den Direktor:

»Iwan Ignatjewitsch, haben Sie etwas dagegen, wenn ich, um ein Experiment zu machen, Sie einem kleinen Examen unterziehe?«

Der Direktor setzte sich müde auf einen Stuhl; er hatte eingesehen, daß sich dies nicht mehr mit ein paar Beiläufigkeiten abtun ließ. Es galt nun, geduldig einen langen Disput mit anzuhören, eine dieser Wortfehden, die aus gegenseitiger Gereiztheit aufbrachen, stabile Beziehungen gefährdeten, ohne doch zu brauchbaren Resultaten zu führen.

»Erinnern Sie sich, Iwan Ignatjewitsch, wann Gogol geboren ist?«

»M-m, gestorben ist er 1842, aber sein Geburtsjahr, du liebe Zeit – das habe ich vergessen.«

»In welchem Jahr beendete Lew Tolstoj seinen Hauptroman ›Krieg und Frieden‹?«

»Tja, ich weiß nicht genau. Wenn ich es annähernd . . .«

»Nein, ich brauche jetzt nur exakte Antworten. Aber vielleicht können Sie die berühmte Stelle aus Dobroljubows ›Gewitter‹ auswendig zitieren, wo er davon spricht, Katerina sei wie ein Lichtstrahl in der zaristischen Finsternis.«

»Gott steh mir bei ...!« Kraftlos winkte der Direktor ab.

Und Olga Olegowna wandte sich mit derselben Entschiedenheit wieder Soja Wladimirowna zu:

»Iwan Ignatjewitsch und ich haben Gogols Geburtsdatum vergessen. Warum sollte es im Gedächtnis unserer Schüler haften bleiben? Und gerade aus solchen Kenntnissen bestehen 80, wenn nicht 90 Prozent der Kenntnisse, die Sie, Soja Wladimirowna, gewaltsam den Schülern eintrichtern. Nicht Sie allein, viele von uns. Man braucht aber derartige Daten nicht jeden Tag im Leben, sie sind zum Teil sogar völlig unwichtig, darum vergißt man sie auch. Neunzig Prozent von dem, was Sie unterrichten, wird vergessen. Scheint Ihnen nicht auch, daß das zukünftige Unwissenheit garantiert?«

Soja Wladimirownas Gesicht wurde vor Qual noch runzliger:

»Ich unterrichte also vergebens?« preßte sie hervor.

»Das glaubte ich bis vor kurzem auch«, erwiderte Olga Olegowna und ließ den Blick, der nichts Gutes verhieß, nicht von Soja Wladimirowna.

»Merkwürdig – und jetzt glauben Sie das nicht mehr?«

»Jetzt bin ich zu der Überzeugung gelangt, daß ein derartiger Unterricht nicht ohne Konsequenzen bleibt. Er hat noch viel schlimmere Folgen als bloße Unwissenheit.«

Soja Wladimorowna richtete sich steil auf, begegnete offen Olga Olegownas Blick und wartete.

»Wir unterrichten Instabiles, sich Verflüchtigendes, und das in ganz und gar kategorischer, fast gewaltsamer Form – lern, koste es, was es wolle. Gib deine ganze Zeit, deine ganze Energie, vergiß deine eigenen Interessen. Vergiß, wofür du dich am besten eignest. Ergebnis: wir züchten Menschen heran, die nicht auf sich selbst achten. Und wenn ein Mensch sich selbst keine Aufmerksamkeit gönnt, wie könnte er es anderen Menschen gegenüber. Das Wissen, mit dem wir unsere Schüler plagen, verfliegt, was bleibt, ist Teilnahmslosigkeit. Schreckt Sie das nicht, Soja Wladimirowna? Mich, ich muß gestehen, erschreckt es über die Maßen.«

Soja Wladimirowna war bleich bis in die dünnen Lippen:

»Warum auf mich . . .« leise mit kaum merklichem Zittern in der Stimme, »warum weist der Zeigestock allein auf mich als die Hauptschuldige? Vielleicht sind Sie noch viel schuldiger? Sie sind Unterrichtsleiter, und das seit Jahren. Wer, wenn nicht Sie, hat die Karten in der Hand?«

»Sie wissen sehr genau, mit welchen Karten ich zu spielen habe. Sie, Soja Wladimirowna, haben die stärkeren Trümpfe. Sie können jede beliebige Bemerkung von mir in den Wind schlagen mit den Worten ›ich halte mich ganz genau an das festgelegte Lehrprogramm!‹ Meine Karten: auf der einen Seite veraltete Lehrpläne, auf der anderen veraltete Unterrichtsmethoden – dazwischen der Unterrichtsleiter. Hilflosere Figuren wie ihn gibt es in unserem Schulsystem nicht.«

»Wie?! Sie greifen sogar die Lehrpläne an? Sie wollen die gesamte Schulbildung des Landes umkrempeln? Gehen Sie nicht doch ein bißchen zu weit?«

»Ich will ganz einfach den Lehrern, mit denen ich arbeite, die Augen vor einer Gefahr öffnen, einer drohenden Gefahr, Soja Wladimirowna. Gefühlt habe ich sie schon früher, doch erst jetzt erkenne ich sie in ihrem Ausmaß. Es ist leider keine Seltenheit, daß Schulentlassene sich für nichts interessieren, sich für nichts wirklich begeistern. Aber auch diese Interesselosen müssen sich in ihren Mußestunden ja mit irgend etwas beschäftigen. Schlimm genug, aber es mag immerhin noch angehen, wenn sie die Zeit mit harmlosen Nichtigkeiten totschlagen.

Aber was, wenn sie an Wodka geraten? Immer wieder hören wir von jugendlichen Saufbolden! Denken Sie bloß an den aufsehenerregenden Prozeß vor zwei Jahren: drei herumflanierende Bengel, siebzehn-achtzehnjährig, erstachen am hellichten Tage an der Bus-Haltestelle eine Frau. Einfach so, weil sie ihnen einen strengen Blick zugeworfen, ein rügendes Wort gesagt hatte. Drei Kinder verloren durch diesen Mord ihre Mutter.«

»Na, wissen Sie!« unterbrach der Direktor ärgerlich.

»Sie waren nicht aus unserer Straße, nicht aus unserer Schule. Das wollten Sie doch sagen, Iwan Ignatjewitsch?«

»Auch die Sonne hat Flecken. Pathologische Entartungen dürfen Sie nicht mit unserem Schulsystem in Verbindung bringen.«

»Sie vergessen, daß im vorigen Jahr auch ein Schüler von uns volltrunken der Miliz in die Hände fiel, Sergej Petuchow. Er hat zwar niemanden ermordet, er ist ›bloß‹ Alkoholiker. Warum? Zerrüttete Familie? Keineswegs. Die Familienverhältnisse sind untadelig: die Mutter ist Ärztin, der Vater Ingenieur, beides hochachtbare Leute, nehmen keinen Tropfen Alkohol zu sich. Üble Kumpane haben ihn auf Abwege gebracht. Diese Kumpane aber, wie sich herausstellte, sind auch ehemalige Schüler von uns. Und wer hat die verführt?

Kann man bei einem Halbwüchsigen dafür bürgen, daß er im Rausch keine Verbrechen begeht?«

Iwan Ignatjewitsch antwortete nicht, sah zu Boden und schnaufte angestrengt. Von der Tür her blickte Nina Semjonowna gespannt auf Olga Olegowna. Der Physiker Pawel Pawlowitsch runzelte die Stirn und rauchte. In der tiefen Narbe auf Innokentij Sergejewitschs Gesicht zuckte ein Äderchen, untrügliches Zeichen von Erregung. In dieser Stille stand Soja Wladimirowna langsam auf.

6.

Juletschka Studjonzewa trank auf Natkas Glück, und Natka widersprach nicht, fauchte sie nicht an, sondern nahm den Toast an. Es machte nichts, daß sie ihm, Genka, für einen Augenblick die Laune verdüstert hatte, als sie mit ihm nicht anstoßen wollte. So ist sie nun mal, hat Launen, ist kapriziös. Soll sie doch. Genkas Unmut war verflogen. Er sah sich um.

Vor ihm standen die Mitschüler, alle im selben Jahr geboren, im selben Jahr in die Schule gekommen, von 17 schon gelebten Jahren hatten sie zehn miteinander verbracht – eine Ewigkeit. Genka erinnerte sich an ein schmächtiges Kerlchen, dem die zu weite Schülermütze auf die zu große Nase rutschte, an kurze Hosen, dünne Beine, zerschrammte Knie, das war Igor Prouchow, dem jetzt der Bart sproß. Gut erinnerte er sich auch an Sokrates Onutschin: ein winziger Quirl, piepsend, lärmend, steckte seine Nase in alles, verbiß sich in jede Keilerei. Auch an Juletschka erinnerte er sich. Und es kommt ihm vor, als habe sie sich am wenigsten von allen verändert, als sei sie kaum gewachsen. Sie ist damals ernst gewesen und ist es geblieben. Aber komisch, an Natka im ersten Schuljahr kann er sich gar nicht erinnern, auch nicht an Vera Sherich. Schwer zu glauben, daß er Natka jahrelang überhaupt nicht bemerkt hat.

Sie alle standen vor Genka, und jetzt erst wurde ihm in aller Schärfe bewußt, daß sie sich nun bald trennen würden, vielleicht für immer. Andere Menschen würden ihm begegnen. Sein Leben wird sich ändern. Aber wie? Wer kennt dieses Geheimnis aller Geheimnisse? Sein Herz zog sich zusammen, nein, nicht in Bangigkeit. Genka war daran gewöhnt, daß seine Umgebung ihn bewundert und verehrt. Es kommt ihm gar nicht in den Sinn, daß sich das einmal ändern könnte. Das Geheimnis der Geheimnisse liegt im Unbekannten, dort wo sich unvorhersehbare Erfolge verbergen. Seltsam, daß Juletschka Studjonzewa – auch sie eine Erfolgreiche – heute so überdreht ist. Hat sich als Weggefährte angeboten ... Genka war Juletschka dankbar, und sie tat ihm auch leid.

»Es ist schön so, schön!« sagte er entschieden. »Tausend Wege! Auf welchen du auch gerätst, das Ziel wirst du nicht verfehlen. Du nicht, Juletschka, ich nicht, Natka nicht. Igor hat es schwerer, er hat schon einen Weg gewählt. Aber es könnte der falsche sein.«

»Kein Erfolg ohne Risiko, Alter!« konterte Igor.

Und Juletschka rief hitzig:

»Wenn Igor sich verwählt hat, dann wird es bei ihm genauso sein wie bei uns: tausend Wege – bloß minus eins. Glücklich wie alle? So ein Glück will er nicht und ich auch nicht. Ich will das Risiko.«

»Der Mensch, fratres, vergeßt das nicht, ist für das Glück gemacht wie der Vogel zum Fliegen«, stellte Sokrates gewichtig fest, »flieg, wohin es dich trägt.« Und er klimperte: ›Seemann, Seemann, blick nicht zurück, in der Ferne wartet dein Glück‹. »So ist das!«

»Auch der Vogel muß gegen den Wind fliegen«, erinnerte Igor. »Und du bist noch nicht mal 'n Vogel, bist bloß ein einziges, winziges Fläumchen von einem Löwenzahn.«

»So ein Fläumchen ist Samen. Wohin es fällt, schlägt es Wurzeln«, Genka skandierte gedehnt »und wäch-st.«

»Samen kann ebenso gut auf einen Stein fallen«, sagte Juletschka.

Natka schwieg wie gewöhnlich, das Gewicht

ihres phlegmatisch ausgestreckten Körpers auf eine Seite verlagert, die Hand in die Hüfte gestützt. Schließlich bewegte sie sich, sagte träge:

»Fliegen heißt rumirren. Ich warte lieber.«

Vera seufzte:

»Du wirst nicht lange zu warten brauchen, Natotschka. Du bist wie eine Lampe, die brennt, schon von weitem sichtbar, zu dir kommt das Glück von selbst geflogen.«

»Wie verschieden wir doch alle sind«, wunderte sich Juletschka.

Sokrates griff jäh und laut in die Saiten:

»Was soll das denn alles? Haben wir nun ein Fest, oder sind wir auf einer Beerdigung, fratres?«

»Beides«, erwiderte Igor, »wir begraben das Vergangene.«

Vera Sherich seufzte wieder laut und vernehmlich:

»Bald werden wir in alle Winde auseinandergehen. Wir kennen uns doch bis auf den Grund, sind uns so nah und vertraut – und jetzt plötzlich . . .«

»Wir kennen uns bis auf den Grund??« Igor zweifelte.

»Das ist doch ganz klar: zehn Jahre zusammen, und dann sollten wir uns nicht durch und durch kennen?« Vera war sehr verwundert.

»Bildest du dir etwa ein, du wüßtest alles, was ich über dich denke?«

»Womöglich was Schlechtes? Über mich? Das wär ja . . .«

»Hast du zum Beispiel nie schlecht von mir gedacht? In all den zehn Jahren nicht?«

»Nein nie. Ich denke über niemanden was Schlechtes.«

»Madonna, ich beneide dich um deine Heiligkeit. Genka, du bist mein Freund – war ich immer gut mit dir?«

»Nicht immer.«

»So ist es. In schweren Minuten kommt so was vor.«

»Schwere Minuten . . . hatten wir die überhaupt?«

»Naja, ganz so schwere vielleicht nicht, aber miese Gedanken gab es wohl.«

Juletschka warf dazwischen:

»Ich möchte so schrecklich gern wissen . . . ich hab ja immer gespürt, daß ihr alle mich nicht recht leiden könnt. Sagt mir gerade heraus den Grund, bitte. Habt kein Mitleid und geniert euch nicht.«

Ihre Augen baten, ihre Hände zerknüllten nervös den Rocksaum. Genka meinte:

»Gut. Schließlich sind wir Freunde; oder nicht? Wir werden uns bald trennen, da sollten keine Ressentiments zurückbleiben.«

»Da wird nix draus«, erklärte Igor.

»Wieso? Kann man unter Freunden etwa nicht absolut aufrichtig sein?«

»Und wenn die Aufrichtigkeit was Unangenehmes an den Tag bringt?«

»Das ist der Preis für Freundschaft.«

»Ich will aber vielleicht gar nicht sagen, was ich denke. Zum Beispiel über dich«, warf Natka Genka hin.

»Kneifen ist feige.«

»Wer nicht will, soll aufstehen und weggehen«, schlug Juletschka vor.

»Über Abwesende werden wir nicht sprechen. Nur ins Gesicht«, ordnete Genka an.

»Ich bin für Lichtaufstecken! Tanzt auf mir rum, schrubbt mich, aber putzt mir die Zähne nicht.« Sokrates schrammte mit allen fünf Fingern über die Saiten: »Ich werde es ü-ber-leben!«

»Nach sowas ist mir gar nicht zu Mute«, entgegente Juletschka.

»Mir auch nicht«, sekundierte Igor.

»Und mir . . .« flüsterte Vera.

»Aber mir! Ich werde überleben und euch verzeihen, wenn ihr was Blödes über mich sagt«, erklärte Genka.

»Verzeihen müssen wir alle.«

»Ich halte mich raus«, entschied Natka.

»Kommt nicht in Frage. Du wirst sprechen, und zwar Klartext!«

»Du hast mir gar nichts zu sagen, Genka.«

»Mit wem fangen wir an? Wer kommt als erster vors Gericht?«

»Ich«, bot Juletschka an.

»Wir sollten mit Vera anfangen. Das ist ein artiges Kind, mit der wird's am leichtesten sein«, riet Igor.

»Ach bitte, nein. Ich fürchte mich – so als erste.«

»Meinetwegen mit mir«, rief Genka.

»Fratres!« rief Sokrates langgezogen. »Wir eröffnen nun die Versammlung. Schon in der Schule waren Versammlungen zum Kotzen langweilig.«

Und er sang:

»Eij, gebt den Hunden Fleisch,
sie werden es zerreißen!
Gebt ihnen sauren Kwas,
sie werden sich zerbeißen.«

»Hör auf, mit deinem Quatsch! . . . Also Leute, nichts wird verschwiegen. Absolute Offenheit!«

»Fratres, diese Versammlung hat sich mit persönlichen Angelegenheiten zu befassen. Sie wird lange dauern! Die ganze Nacht – ohne ein Fitzchen Vergnügen, ohne Spaß.«

Genka stellte sich vor die Bank:

»Meine Herren Geschworenen, bitte begeben Sie sich an Ihre Plätze.«

Er fühlte sich sicher. In der Schule war er beliebt gewesen, hatte nur Freunde gehabt. Natka sollte ruhig mal hören, wie sie über ihn denken.

7.

Soja Wladimirowna hatte sich von ihrem Stuhl erhoben, ausgemergelt, aber ungebeugt, den grauen Kopf erhoben; im bleichen, wie eine Faust verkrampften Gesicht glitzerten kleine Augen.

»Sie haben sich gegen die Schule empört, Olga Olegowna. Nicht zufällig machten Sie mich zum Sündenbock. Ja, ja, damit hatten Sie recht, dreimal recht: diese Schule, die Sie angreifen, und ich sind ein und dasselbe. Die *ganze* Schule, die Ihnen so zuwider ist, können Sie nicht ausradieren, aber mich, zum Beispiel mich, das geht schon eher.«

Olga Olegowna unterbrach sie nicht, saß ungerührt in ihrer Ecke, etwas vorgebeugt, die Augen im Schatten. Soja Wladimirownas Stimme knarrte:

»Sie erinnern sich wahrscheinlich an Senja Lukin. Wie sollten Sie nicht – alle kannten ihn, in jeder Klasse saß er zwei Jahre, und überall hatte er es darauf abgesehen, endlich auch ein drittes Mal sitzen zu bleiben. Alle Kollegen sprachen über ihn, sorgten sich um ihn. Er war eine viel berühmtere Figur als die Studjonzewa. Wie habe ich diesen Senja getrietzt, an den Ohren zu Büchern und Heften geschleift, täglich habe ich mich nach dem Unterricht noch zwei Stunden mit ihm geplagt. Rechnen Sie nach, was für ein Stück meines Lebens er mich gekostet hat. Ich war böse auf ihn, und er tat mir leid – ja, er tat mir leid. Wie, denke ich, kann ein Mensch nur so ein stumpfsinniges Dasein ertragen? Keine zwei Worte kann er verbinden, keine drei Worte ohne Fehler schreiben, eine Seite lesen – und er ist in Schweiß gebadet. Gäbe es die gesetzliche Schulpflicht nicht, hätte man Senja entlassen, weg mit ihm – in die Gosse. Aber so hat er mit Not und Mühe die achte Klasse absolviert. Neulich traf ich ihn. Er erkennt mich. Grinst von Ohr zu Ohr, sein Goldzahn blitzt. Das Gespräch ging dann so: ›Was haben Sie da an, Soja Wladimirowna? Ihr Mäntelchen ist aber ganz unmodern, entschuldigen Sie schon. Wieviel verdienen Sie denn so im Monat? Ich bin jetzt Traktorist, mache das doppelte Geld wie Sie, hab schon ein Motorrad, werd mir ein Haus bauen.‹ Er freut sich, freut sich, daß er nicht so ist wie ich. Ich bin ja auch tatsächlich nicht zu beneiden. Jahr für Jahr arbeite ich täglich sechzehn Stunden, Jahrzehnt für Jahrzehnt. Und was habe ich dafür bekommen? Krankheit und Müdigkeit. Mein Gott, wie müde ich bin! Kein Wohlstand, keine Ruhe und auch keine Achtung! Eine verehrte Lehrerin, die im Alter von der Liebe ihrer ehemaligen Schüler umgeben ist, die gibt es nur im Kino. Aber, und das glaube jedenfalls ich: Es gibt etwas anderes, das niemand einem wegnehmen kann, den Glauben, nicht umsonst gelebt zu haben, den Glauben, Menschen – vielen Menschen – nützlich gewesen zu sein. Tausende von Schülern sind durch meine Hände gegangen, deren Verstand ich entwickelt habe.

Ermordet zu werden, gilt als das Schlimmste, was einem Menschen geschehen kann. Mörder nehmen aber nur jene Tage und Jahre ihrem Opfer fort, die ihm noch zu leben bevorstanden, die schon gelebten, kann er ihm nicht rauben. Aber Sie, Olga Olegowna, versuchen, alle meine gelebten Tage zu ermorden, hinter alle ein Kreuz zu setzen.«

Olga Olegowna rührte sich nicht, saß mit zusammengepreßten Lippen, ohne mit der Wimper zu zucken.

»Nun gut – tun Sie das!« rief Soja Wladimirowna heiser. »Und sehen Sie mich an, sehen Sie mich ganz genau an! Vor ihnen steht Ihr eigenes Schicksal – eine runzelige, müde Schindmähre, die man steile Anhöhen über lange Strecken hinaufziehen ließ. Bald werden Sie mir gleichen. Sehen Sie nur her – bin ich nicht Ihr Abbild?«

Soja Wladimirowna suchte ihr Taschentuch im Ärmel, fand es und drückte es an ihre geröteten Augen.

»Noch ein letztes Wort habe ich zu sagen: ich liebte die Schule, und ich liebe sie auch heute noch. Ja! So wie sie ist. Ich kann sie mir nicht anders vorstellen. Pflanzstätte der Bildung, Pflanzstätte des Wissens. Diese Liebe und diesen Stolz kann mir niemand nehmen. Niemand!«

Sie betupfte noch einmal ihre Augen mit dem zerknüllten Taschentuch, unterdrückte einen Seufzer, steckte ihr Tuch zurück in den engen Ärmel.

»Auf Wiedersehen.«

Und sie ging schleppend zur Tür, den mageren, knochigen Rücken gekrümmt.

Niemand wagte, sie zurückzuhalten, stumm sahen ihr alle nach. Nur Nina Semjonowna, die an der Tür saß, stand bedrückt und verwirrt auf und ließ die alte Lehrerin vorbei.

8.

Auf der Bank hockten sie zu fünft eng nebeneinander: Sokrates mit der Gitarre, Igor, vorgebeugt, stützte die Ellbogen auf die Knie, Vera und Natka eng umschlungen, Juletschka unbequem an den Rand der Bank geklemmt. Genka, der sechste, stand breitbeinig vor ihnen und lächelte.

Hätte er zwischen ihnen gesessen, in Tuchfühlung mit ihnen, vielleicht wäre alles anders gekommen. Aber er selbst hatte sich ja aus ihrem Kreis gelöst, sich ihnen »gestellt« zu Urteil und Rechtfertigung. Das mußte jedes

Wort bedeutungsvoller, ernster und unter Umständen verletztender machen. Doch das zeigte sich erst später. Jetzt stand Genka ihnen gegenüber, lächelte und wartete. Das Spiel schien ohne Risiko zu sein.

Alle sahen Igor an. Der war ein Meister darin, direkt, grob und doch nicht beleidigend zu sprechen; er war Genkas bester Freund. Wem sonst hätte das erste Wort gehört? Aber nun sagte Igor:

»Ich passe. Will mal erst abwarten.«

Sokrates grinste töricht, Natka schwieg gleichgültig, und Juletschka sah beiseite.

»Ich fange an«, sagte Vera.

Komisch – Vera war doch sonst kein Pionier; sie segelte immer im Windschatten anderer, bekräftigte, unterstützte, wiederholte die Meinung anderer. Diesmal handelte sie selbständig. Alle setzten sich bequemer zurecht. Genka stand breitbeinig und lächelte geduldig.

»Genka«, begann Vera, ihr breites Gesicht wirkte durch seinen Ernst noch breiter als sonst. »Weißt du, daß du ein Glückspilz bist?«

»Klar. Aber schmier mir bloß keinen Honig ums Maul.«

»Oj, Genka, wart doch ab. Man muß doch von vorn anfangen: du bist in einer Glückshaut geboren. Dein Vater ist Kombinatsdirektor. Man kann also sagen, Chef der ganzen Stadt. Hast du jemals Not gelitten? Hat es dir jemals an irgendwas gefehlt? Hat deine Mutter auch bloß ein einziges Mal geschimpft über einen zerrissenen Mantel, über verdorbene Schuhe? Wenn du was Neues zum Anziehen brauchst, bitte sehr; wenn du ein neues Fahrrad willst, weil dir das alte nicht mehr gefällt, bitte sehr, man kauft dir ein anderes. Du bist ein Glückskind von Geburt.«

»Na und? Was kann ich dafür, soll ich etwa dafür Buße tun?«

»Außerdem bist du schön, gesund, hast einen guten Charakter, weil du niemanden beneidest. Aber ... ich weiß nicht, soll ich wirklich alles sagen? Vielleicht tu ich dir dann weh?«

»Quatsch nicht, mach weiter.«

»Schön. Du bist gefühllos wie alle glücklichen Menschen.«

»Und weiter!« Genka spürte Unbehagen, nur leicht, aber deutlich: er hatte bedingungslose Anerkennung erwartet, Lob. Er war sogar bereit, sich darüber zu ärgern, wenn ihm jemand allzusehr schmeicheln würde. Die selbstbewußte Haltung und das Lächeln waren jetzt nicht mehr so recht angebracht. Aber die Haltung zu ändern, das unpassende Lächeln vom Gesicht zu wischen, ging auch nicht.

»Laß Beispiele vom Stapel«, befahl er.

»Zum Beispiel habe ich mir im Winter das Bein gebrochen, mußte zu Hause im Bett liegen – hast du mich da besucht? Nein.«

»Vera, du bist als einzige von uns so über die Maßen liebevoll. Alle können nicht so sein, und es können dich schließlich auch nicht alle besuchen.«

»Ist ja auch nicht nötig. Niemand ist verpflichtet, mich zu besuchen. Aber machen wir uns doch klar, was ich für ihn bedeute, nämlich gar nichts. Wir haben die Luft in der selben Klasse geatmet, haben auch manchmal in der selben Clique zusammengehockt. Das ist alles. Wenn ich sterbe, wirst du mir keine Träne nachweinen. Es besteht kein Grund für dich, meinetwegen traurig zu sein, und mich zu besuchen, ist für dich kein bißchen interessant. Du bist klüger als ich, selbständiger. Aber du bist auch nicht, sagen wir, wie Igor. Weißt du noch, wie der Sokrates von seiner Mutter rausgeschmissen worden war?«

»Bleib exakt, Alte«, unterbrach Sokrates. »Sie hat mich nicht rausgeschmissen. Ich bin von allein gegangen, weil ich auf meinen Prinzipien bestand.«

»Und bei wem hast du übernachtet?«

»Bei Igor. Der schuf damals sein Meisterwerk: mich als Hippie.«

»Und warum nicht bei Genka? Er hat sein eigenes Zimmer, eine extra Couch.«

»Für mich ist es dort nicht so richtig komfortabel.«

»Aha, nicht komfortabel. Sokrates als Genkas

Gast, das kann man sich auch schlecht vorstellen, ungekämmt und ungewaschen wie du bist.«

»Hoppla! Ich muß doch sehr bitten: keine Anzüglichkeiten.«

»Du bist ein Glückloser, und dort ist das Haus der Glücklichen.«

»Was hackst du immer auf meinem Glück herum. Das ist doch nicht meine Schuld.«

Genka lächelte noch immer, aber er konnte dieses Lächeln nicht mehr kontrollieren; es hatte sich in sein Gesicht eingegraben, ein bißchen schief und unaufrichtig. Und alle konnten sehen, wie unecht es war. Er lächelte, aber Zorn auf Vera stieg in ihm hoch. Was war denn in die gefahren? Sonst war sie immer so gefällig und einfühlsam. Was hatte sie auf einmal?

»Ja, Genka, ja. In gewisser Weise bist du nicht Schuld daran, daß du hartherzig bist. Aber umgekehrt: wenn ein Dieb aus Verzweiflung stiehlt, wird man ihn deshalb vor Gericht freisprechen, ja?«

»Mensch Vera, alter Witzbold, du treibst's ja toll heute!«

Sokrates war ehrlich verwundert.

»Ich bin also hartherzig, weil ich dich vor einem halben Jahr nicht besucht, keine Krokodilstränen über dein kaputtes Bein vergossen hab; weil Sokrates nicht zu mir zum Übernachten kommen wollte? Na, weißt du . . .«

»Und damals, Genka, als Slawka Panjuchin

das Geld für den Schulausflug verloren hatte ...«

»Und wer hat damals geholfen? Du vielleicht?«

»Aha! Ich wußte, daß du an dein seinetwegen verkauftes Fahrrad erinnern würdest. Stimmt schon, du hast dein Fahrrad verkloppt, es war dir nicht zu schade für den Mitschüler. Aber erinnere dich auch dran, wie du dich vorher aufgeplustert hast, wie du den armen Slawka angeschnauzt hast! Wir andern haben ihm kein Wörtchen gesagt, sondern haben angefangen, für ihn zu sammeln, und dann erst fiel's dir ein, später als allen anderen. Nein, Genka, ich sage nicht, daß du ein Geizhals wärst, bloß, dein Fell ist eben ziemlich dick. Die großzügige Geste mit dem Rad kostete dich gar nichts. Slawka tat dir auch gar nicht leid. Du hattest einfach dein altes Rad satt, wolltest ein neues, ein Rennrad.«

Genka stieg das Blut zu Kopf, und das eingefressene Lächeln war nun doch aus seinem Gesicht verschwunden. Er ging auf Vera zu:

»Das ist eine Sauerei, du! Was fällt dir ein? Komm gefälligst zu dir!«

Vera ließ sich nicht einschüchtern. Sie schmollte, als habe nicht sie ihn, sondern er sie beleidigt.

»Dir gefällt nicht, was ich sage? Entschuldige. Du hast es selbst so gewollt, bis zum Letzten, in absoluter Aufrichtigkeit.«

Und schwieg.

Igor war ernst geworden, Sokrates noch zappeliger. Natka lehnte sich neben der gekränkten Vera unbeteiligt zurück.

»Lüge!« schrie Genka. »Bis zum letzten Wort – Lüge! Vor allem das mit dem Fahrrad!«

Er verstummte unvermittelt, denn auf den Gesichtern der anderen regte sich nichts. Igors Gesicht blieb ernst und verschlossen, Sokrates' beunruhigt, Natkas ruhig und Veras gekränkt – so als hätten sie seine Worte überhaupt nicht gehört. Wie konnte er beweisen, daß er Slawka retten wollte, daß er ihm leid getan hatte, wenn nicht mal das verkaufte Fahrrad als Beweis angenommen wurde? Sie schwiegen. Vera hatte ihn vor allen verleumdet und bloßgestellt.

»Lassen wir doch diesen Blödsinn, Leute«, sagte Igor vage vor sich hin, »sonst verzanken wir uns noch.«

Schluß? So auseinandergehen, nachdem Vera ihm das angetan hatte? Natka glaubt es, Igor glaubt es, und die beleidigte Vera natürlich auch. In Juletschkas Gesicht glänzen die Augen erwartungsvoll, sie ist auf der Hut. Und er sollte die Lüge hinnehmen, sich beschimpfen und anspucken lassen, noch dazu ausgerechnet von Vera Sherich?

»Nein!« stieß Genka durch zusammengebissene Zähne. »So nicht! Sowas laß ich mir nicht gefallen!«

Igor räusperte sich mißmutig:

»Wir haben ausgemacht – keine Empfindlichkeiten. Jeder soll sagen, was er vom andern denkt. So war's ausgemacht. Das gilt. Halt es aus.«

»Ich sage kein Wort mehr«, Vera war noch immer beleidigt. Genka fühlte sich betrogen. Erst bewarf sie ihn mit Dreck – und dann kein Wort weiter. Niemand denkt auch nur im Traum daran, Vera zu widersprechen. Natka sitzt vollkommen gleichgültig da. Igor düsterernst: halt's aus, keine Empfindlichkeiten . . .

Bis jetzt hatte Genka als der Unbesiegliche, Unüberwindliche gelebt, niemand kam ihm gleich, er kannte keine Niederlagen, brauchte sich nicht einmal zu verteidigen, das taten andere für ihn. Und auf einmal – ausgerechnet vor dieser Vera, die nicht mal für sich selbst einstehen konnte, die sich immer an andere anlehnte, war Genka wehrlos, hilflos. Alle sahen ihn an, neugierig-interessiert, aber ohne Mitgefühl. Nackt kam er sich vor, ausgeliefert.

»Darf ich?« Juletschka hob nach alter Schulgewohnheit den Finger.

Genka wandte sich ihr zu in Hoffnung und Furcht – so bitter nötig war ihm jetzt Schützenhilfe.

»Daß er irgendeinen Krankenbesuch nicht gemacht hat, daß er den obdachlosen Sokrates nicht zum Schlafen eingeladen hat, die Sache mit dem alten Fahrrad – das ist doch Kleinkram, unwichtig.«

Sie war ernst und hatte fast fiebrig glänzende Augen. Und er brauchte so dringend ein hilfreiches Wort. Er, Genka, wird nachher über Julka auch nur Gutes sagen. Sie hatte man in der Klasse auch für gefühllos gehalten, niemand hatte sie verstanden. Sie galt als Streber, als Bücherwurm. Sie hat das ausgehalten. Genka erschrak, er hatte nur eine Minute Ungerechtigkeit zu leiden, Juletschka aber zehn volle Jahre.

»Ich glaube, ich bin überzeugt – du Genka, wirst weder Nachtquartier noch Fahrrad verweigern, aber nicht weil die Mitschüler dir leid tun. Du wirst dein letztes Hemd für sie geben. Ganz bestimmt. Und wo jemand geschlagen wird, wirst du ihm beistehen. Du würdest auch dein Leben opfern. Aber . . . aber wofür? Nur für eins – für Genka. Nicht einmal dein Leben ist dir zu schade, wenn du nur eine gute Figur machst! Ja. Aber niemals würdest du Leprakranke heilen wie Albert Schweitzer, du würdest dich ekeln. Du wirst keinem Unglücklichen helfen, wenn niemand da ist, der dir applaudiert. Gefühllosigkeit? Nein, die Sache ist viel ernster. Das Hemd, das Fahrrad – das tust du nicht für einen anderen, das tust du nur für dich selbst. Du willst dich kühn und großzügig fühlen. Du liebst dich selbst so sehr, daß du darüber die anderen vergißt. Das ist nicht

Gefühllosigkeit, das ist schlimmer: das ist Selbstliebe! Den Gefühllosen erkennt jeder, den Egoisten nicht ohne weiteres, weil er immer darauf aus ist, einen guten Eindruck zu machen. Seine Wohltaten, seine Freigebigkeit sind nicht echt, seine Großzügigkeit ist gespielt, seine Schönheit ist falsch wie Schminke. Du bist ein Glühwürmchen, Genka, du leuchtest schön, aber du wärmst nicht.«

Juletschka senkte die Lider und schwieg. Sie war plötzlich müde und erschöpft.

»Sagst du das, weil ich nicht mit dir nach Moskau will?« brachte Genka mit Mühe hervor.

»Denk, was du willst, mir ist das egal.«

Genkas Kinn zitterte. Vor ihm saßen die Freunde. Seine allernächsten Freunde, die er von klein auf kannte. Waren sie plötzlich seine Feinde geworden?

Er nahm sich zusammen, würgte heraus:

»Hast du schon früher gewußt, daß ich ein Glühwürmchen bin, oder ist dir das eben erst eingefallen?«

»Das weiß ich schon lange.«

»So? Aber trotzdem mit mir nach Moskau, was?!«

»Einem Glühwürmchen kann man ins Gebüsch nachkriechen und sich dabei den Kopf anstoßen, einem Egoisten kann man auch nach Sibirien folgen, nicht bloß nach Moskau. Das ist nun mal so«, erwiderte Juletschka, ohne die Augen zu heben.

Die Nacht drängte noch dichter an die Schlucht heran. Vom Fluß wehte es kühl herauf.

Glühwürmchen! Das hatte ihm gerade noch gefehlt! Um die quälende Stille zu unterbrechen, bat er heiser:

»Igor, mach du jetzt.«

»Wir sollten jetzt endlich aufhören. Wir wollen nicht als Feinde auseinandergehen.«

»Ach nee, du willst mich wohl retten, du Wohltäter?«

»Mir ist es peinlich, in dir rumzustochern, Alter.«

»Red schon, drück dich nicht.«

»M-hm-ja.«

Igor Prouchow. Mit ihm hatte Genka in einer Bank gesessen, hatte ihn bei Prügeleien verteidigt. Wie oft hatten sie beim Angeln an nächtlichen Feuern zusammen gesessen, miteinander geredet, einander alle Gedanken anvertraut. Sie hatten diskutiert, waren oft verschiedener Ansicht. Sie zankten und beschimpften sich, aber aus Streitigkeiten war niemals Feindschaft geworden. Igor, nicht Juletschka Studjonzewa würde ihn rechtfertigen. Wenn Igor nur begriffe, wie schrecklich ihm zu Mute ist, weil er als hilfloser Trottel dasteht, unschuldig verlästert und verleumdet – Glühwürmchen – verdammt noch mal! Igor wird ihn verstehen, wird Julka eine Abfuhr erteilen, Vera entgegentreten. Für Igor ist das nicht schwer. Ein Wort nur, und alles ist wieder im Lot.

Aber Igor um Hilfe bitten, die eigene Schwäche eingestehen, das ging ja nicht an, und darum stieß Genka fast drohend aus:

»Red endlich! Und sei dir darüber klar, daß ich dich später auch nicht schonen werde.«

Wenn Igor doch bloß verstanden und der Drohung nicht geglaubt hätte, die Welt wäre geblieben, wie sie vorher war: ein Ort, wo Freundschaft heilig ist, Wahrheit triumphiert und Lüge bestraft wird . . .

Aber Igor kratzte sein unrasiertes Kinn, sah Genka nicht an, fragte mürrisch:

»Wirst es nicht bedauern? Daß . . .

9.

Hinter Soja Wladimirowna schloß sich die Tür. Eine Minute blieben alle regungslos.

Unter Iwan Ignatjewitsch quietschte der Stuhl. Der Direktor erhob sich energisch, wandte sich streng und zurechtweisend an Olga Olegowna:

»Kommt es Ihnen nicht so vor, als hätten Sie eben einen Menschen tief verwundet? Ihn unverdient gekränkt?«

Olga Olegowna sah ihn groß an, doch in

ihrer Reglosigkeit wirkte sie wie blind.

»Es tut mir unendlich leid, daß dies geschehen ist«, ausdruckslos und trocken kamen ihre Worte.

»Sie werden sich die Mühe nicht verdrießen lassen, sich zu entschuldigen.«

Iwan Ignatjewitsch wurde selten zornig. Aber war er es, dann sprach er in ausgesucht höflichen Floskeln: ›Sie werden sich die Mühe nicht verdrießen lassen‹ ... ›Ich erkühne mich, zu hoffen‹ ... ›Erlauben Sie gütigst, in Betracht zu ziehen‹ ...

»Entschuldigen? Wofür?«

Olga Olegownas regloses Gesicht belebte sich. Ihr Blick wurde vorsichtig-mißtrauisch.

»Sie selbst, verehrte Olga Olegowna, haben soeben gesagt – wenn Sie sich bitte gütigst erinnern wollen – ›es tut mir unendlich leid, daß dies geschehen ist‹. Ich hoffe, Ihr Bedauern ist aufrichtig, dann werden Sie auch den zweiten Schritt tun und sich entschuldigen.«

»Es tut mir unendlich leid, wie wahrscheinlich uns allen, daß Soja Wladimirownas Leben mit gescheiterten Hoffnungen endet.«

»Gestatten Sie mir zu bemerken: gescheiterte Hoffnungen – das halte ich für einen ziemlich gewagten Ausdruck.«

»Wird sie sich das denn nicht endlich selber eingestehen müssen?«

»Sie werden uns nicht davon überzeugen,

geschätzte Olga Olegowna, daß Soja Wladimirownas langes Leben keinerlei Nutzen gebracht haben sollte.«

»Nutzen? ... Seit vierzig Jahren unterrichtet sie: Gogol wurde dann und dann geboren, Jewgenij Onegin war der Prototyp des überflüssigen Menschen, Katerina aus ›Gewitter‹ war ein Lichtstrahl in der zaristischen Finsternis. Vierzig Jahre immer dieselben fertigen Formeln. Die ganze Literatur – eine einzige Sammlung trockener Formeln, die man weder lieben noch hassen kann. Da gibt es nichts Begeisterndes, nichts Aufregendes – denken Sie sich doch da nur mal hinein! Das ist doch sinnlos: ein Ofen, der nicht brennt, eine Lampe, die nicht leuchtet. Soja Wladimirowna hat vierzig Jahre lang die Literatur um ihren Sinn betrogen. Puschkin, Dostojewskij, Tolstoj, Tschechow setzten mit ihren Worten die Herzen der Welt in Brand. Und hier fielen diese zündenden Worte in die gewissenhaften aber kalten Hände von Soja Wladimirowna, die sie vierzig Jahre festhielt. Wieviel tausend Schülern hat sie das Feuer vorenthalten! Ihnen die Fähigkeit gestohlen, sich zu begeistern, sich entflammen zu lassen. Und darin sehen Sie einen Nutzen, Iwan Ignatjewitsch?«

Iwan Ignatjewitsch schnaufte böse.

»Sie war immerhin auch Lehrerin der russischen Sprache, Tausende von Kindern hat sie gelehrt, richtig zu schreiben und zu lesen. Sie müssen zugeben, daß dies kein geringer Verdienst ist.«

»Den Menschen angewöhnen, ein Wort richtig zu schreiben, und ihnen abgewöhnen, es zu lieben, das ist genau dasselbe wie das Leben eines Menschen in die Kategorien hoher Moral so hineinzuzwingen, daß ihm ihre Werte gleichgültig werden.«

»Sie sind ein merkwürdiger Mensch, Olga Olegowna«, schalt Iwan Ignatjewitsch gereizt, »verwerfen mit einem Schlag alles, schütten das Kind mit dem Bade aus, sind bereit, das Unterste zu oberst zu kehren, Köpfe einzuschlagen, bloß weil eine Schulentlassene unversehens bei Ihnen einen wunden Punkt berührt hat.«

»Unversehens? Kam Ihnen denn die Rede der Studjonzewa unerwartet?«

»Ja, ich muß bekennen: von jedem anderen hätte ich allenfalls derartiges erwartet, von ihr nicht.«

»Und meinen Sie wirklich, in unserer Schule verlaufe alles ideal, es hätten sich keinerlei veraltete Gewohnheiten festgesetzt, von denen wir uns lösen müssen?«

»Ich gebe durchaus zu, daß nicht alles ideal ist. Und ich gebe auch ohne weiteres zu, daß wir uns von gewissen, dem Fortschritt hinderlichen Methoden befreien müssen.«

»Aber dann muß man sich auch von Personen trennen, die diese Methoden verkörpern.«

»Uns von Soja Wladimirowna trennen? ... Sofort, auf der Stelle?? Oder sollte es möglich sein, noch ein Weilchen zu warten, bis sie selber eines nicht allzufernen Tages sich entschließt, in den Ruhestand zu treten, verehrte Olga Olegowna?«

»Eines nicht allzufernen Tages? Wann tritt der denn ein? Nach einem, nach zwei oder gar erst nach fünf Jahren? In diesen Jahren sind ihr noch Hunderte von Kindern ausgeliefert. Ich schätze Ihr gutes Herz hoch, Iwan Ignatjewitsch, aber hier kommt es uns viel zu teuer zu stehen.«

Iwan Ignatjewitsch ließ müde die Schultern fallen, sah Olga Olegowna unzufrieden an und brummte:

»Mir scheint, Sie wollen das durch ein Leck ins Schiff dringende Wasser mit einem Sieb ausschöpfen.«

»Das heißt?«

»Das heißt, wir befreien uns von Soja Wladimirowna, und an ihre Stelle kommt ein junger Lehrer, frischgebackener Absolvent des pädagogischen Gebietsinstituts. Und Sie meinen, das werde ein ›Flammenwerfer‹ sein? Ihnen ist wohl nicht bekannt, daß im Gebietsinstitut nur Leute studieren, die die Aufnahmeprüfungen für die großen Zentralinstitute nicht bestanden haben? Ich wette zehn zu eins, daß an Soja

Wladimirownas Stelle jemand kommt, der absolut unfähig ist, das prometheische Feuer Puschkins und Goethes anzufachen, teure Olga Olegowna.«

Ehe Olga Olegowna darauf etwas entgegnen konnte, rollte ein Baß durchs Lehrerzimmer:

»Soja Wladimirowna sollte gefährlicher sein als andere? Das möchte ich ganz energisch bezweifeln.«

Der Direktor drehte sich geräuschvoll um, der Physiklehrer Reschnikow hatte gesprochen.

»Was willst du damit sagen, Paul?« fragte Olga Olegowna.

»Ich will damit sagen: Arzt kurier dich selbst.«

»Du meinst, daß ich?«

»Ja.«

»Gefährlicher als Soja Wladimirowna?«

»Bis zu einem gewissen Grade, ja.«

»Erklär.«

Ungefüge und groß, starkknochig, mit seinem Apostelhaarkranz über der glänzenden Stirn kam Reschnikow vom Fenster herüber. Sein Gesicht war asiatisch-muskulös, glatt und fest wie eine Tonschale.

10.

Igor Prouchow saß auf der Bank. Die Haare zerrauft, die große Nase zielte auf Genka.

»Bis jetzt bist du nur auf Weibermanier gepiesackt worden. Julka hat gesagt: er hilft dem Aussätzigen nicht, er leuchtet für sich selbst, brennt nicht für andere. Na wennschon, wer von uns würde sich denn ins Feuer werfen, damit ein anderer es warm hat?«

»Möglicherweise ich«, erwiderte Juletschka.

»Ich bin bereit, wenn's so weit ist, vor dir auf die Knie zu fallen, Unvergleichliche ... Für deine Nichtentzündbarkeit, Alter, verurteile ich dich nicht. Ich bin der Meinung: wenn schon zu Asche verbrennen, dann muß es für die ganze Menschheit sein. Warum soll ich, er oder sonst jemand sich für einen einzelnen opfern, meinetwegen für dich, Julka? Was für eine Göttin bist du denn, daß du Menschenopfer verlangst?«

»Das tu ich ja gar nicht. Ich rede von Anteilnahme, Mitgefühl, Verständnis. Ich bin bereit, aus Mit-Leid Opfer zu bringen.«

»E-ech, Mumpitz!« winkte Igor ab. »So bist du: kopfüber vom Dach runterspringen, aber so, daß man dich noch rechtzeitig zurückreißt, es könnte ja sonst – i behüte – ein Unglück passieren. Vera hat ihn viel besser erkannt: er ist ein Hätschelkind des Schicksals, alles fällt ihm in den Schoß.«

»Alles, ach nee. Meinst du wirklich?« lachte die schweigsame Natka auf.

Genka zitterte, warf Natka einen vernichtenden Blick zu.

»Ausnahmen zugegeben«, stimmte Igor, kaum wahrnehmbar grinsend, zu.

Genka schrie ihn an:

»Angeber! Pfennig-Philosoph! Schluß jetzt. Komm endlich zur Sache!«

Das leichte Grinsen verschwand aus Igors Gesicht:

»Vielleicht lohnt sich die Sache gar nicht. Schön ist sie jedenfalls nicht.«

»Teufel auch! Fängst du endlich an?!«

»Die Sache ist längst vorbei, ich hab dir ja verziehen, wozu noch mal dran rühren?«

»Du – mir – verziehen? Deine Verzeihung brauch ich nicht.«

»Du vielleicht nicht, aber für mich war's nötig. Schließlich sind wir seit vielen Jahren Freunde. Kommst du nicht drauf, was ich meine?«

»Keinen Dunst. Bin ja auch nicht zum Rätselraten hier. Mußt dich schon selber bemühen.«

»Vergiß nicht, Alter, *du* hast darauf bestanden.«

»Werd bloß nicht dramatisch, Mensch!«

»Gut. Warum sollten wir einem alten Freunde nicht entgegenkommen? Verehrtes Publikum, er und ich haben oft disputiert, aus Jux, und ihr habt freigebig dafür gezahlt mit eurer Rührung ...«

»Laß endlich das Affentheater, du Schimpanse!«

»Meinem Freunde beliebt es, grob zu sein, wir entschuldigen dies. Es ist die Grobheit des Glückskindes, sie bedeutet: ich bin sozusagen mehr wert als andere, ich bin ein Übermensch, eine starke Persönlichkeit, und darum dulde ich nichts, was mir in die Quere kommt . . .«

»Drückst dir ja selbst den Stempel auf, wirfst mit Schimpfnamen um dich wie Weiber beim Schlangestehen, und wirst noch beleidigend, – wir entschuldigen!«

»Gewöhnlich streiten wir nur für das Publikum, aber einmal war es ernst, Auge in Auge. Genka begann von oben herab, meine Bilder madig zu machen, und ich sagte ihm, sein Geschmack unterscheide sich nicht von dem irgendeines beliebigen Pjotr Sidorytsch, der sich an den blödesten Banalitäten entzückt. Und er, stellt euch vor, gab das zu: ›Ja, ich bin Pjotr Sidorytsch, der normale Bürger, d. h. das Volk, aber du mit deinen Schmierereien bist gegen das Volk‹. Naja, ich lachte und versprach, ihm zum Geburtstag ein ›Volksbild‹ zu dedizieren, etwa ›Schwäne im Sonnenuntergang‹ mit der Widmung ›Wen ich lieb', dem schenk ich was‹. Er tat ein bißchen beleidigt, aber nicht besonders. Es blieb zwischen uns alles wie sonst.«

»Ach so, das meinst du! Die Rede . . .«

»Ja, die Rede. Eine Ausstellung von Schülerarbeiten, Gemälde, Zeichnungen, Grafik, wurde vorbereitet. Nicht bei uns, sondern im Gebietshaus für Volkskunst. Ein tolles Ereignis. Die besten Arbeiten sollten anschließend nach Moskau geschickt werden. Wollte ich auf diese Ausstellung oder nicht? Und ob ich wollte! Und er wußte das. Aber – – – aber er sprach im Komsomolkomitee dagegen. Was hast du damals über mich gesagt, Genka?«

»Ich habe gesagt, was ich dachte. Soll ich dich loben, wenn mir beim bloßen Anblick deiner Bilder schlecht wird?«

»Aber trotzdem gingst du Arm in Arm mit mir, diskutiertest mit mir, spieltest Volley-Ball mit mir. Und sagtest mir kein Wort. Hinter meinem Rücken . . .«

»Was hätte ich dir denn sagen sollen? Ich wußte doch vorher nicht, was bei der Komsomolsitzung auf der Tagesordnung stand.«

»Hinter meinem Rücken hast du mich verraten und verkauft.«

»Ich habe nur gesagt, was ich dir vorher schon ins Gesicht gesagt hatte.«

»Nein, man hat es mir anders berichtet: sogar moralische Verkommenheit hast du mir angehängt. Mir ins Gesicht hast du viel glatter geredet, hast wohl ein ›Eigentor‹ befürchtet.«

»Und daß ich dich begabt genannt habe, das hat man dir wohl nicht berichtet?«

»Das ist es ja gerade. Mit dieser blöden Bemerkung konntest du ja das Messer besser ansetzen. Du gingst mit mir Arm in Arm, das Messer im Busen verborgen, auf die Gelegenheit lauernd, es mir in den Rücken zu stoßen.«

Einen Augenblick lang starrte Genka Igor entgeistert an, der hielt seine große Nase auf ihn gerichtet, wirkte fremd und ruhig.

»Du!!!«

Igor zuckte die Achseln:

»Hast's ja gewollt, ich hab mich nicht aufgedrängt.«

»Du, du selbst trugst ein Messer im Busen!«

»Ich habe Fakten berichtet. Die Schlußfolgerungen daraus können andere ziehen.«

Mit geballten Fäusten bewegte sich Genka auf Igor zu:

»Das wirst du mir büßen!«

»Komm ran«, forderte Igor ihn leise auf, »bist ja ein Meister im Gelenke ausrenken.«

Genka blieb stehen, zischte:

»Du Schweinehund!«

»Ich bin ein Schweinehund, du bist ein Heiliger. Und damit schließen wir. Amen.«

»Ja wirklich, machen wir doch endlich Schluß!« rief Vera kläglich. »Herr Gott, wenn ich das geahnt hätte!«

»Hast wohl erwartet, ich fräße alles?«

»Wenn's nicht anders geht, dann nehmt jetzt mich vor. Laßt ihn doch in Ruhe. Nehmt lieber mich dran«, jammerte Vera.

»Sieh mal einer an! ich tu der da leid. Besten

Dank! Bloß, ich brauch kein Mitleid. Macht weiter, weiter bis auf den Grund. Deckt alles auf, damit ich sehe, was ihr für welche seid. Sokrates los, du bist dran!«

»Ich möcht lieber was singen, fratres.«

»Hier wird schon gesungen, merkst du das nicht? Verdirb den Chor nicht.«

»Mensch, Genka, ich – zwischen uns hat's doch nie was gegeben.«

»Keine Bange. Hab ich ihn nicht geschlagen, werd ich dir schon lange nichts tun. Los, voran!«

»Du hast dich mir gegenüber nie schlecht benommen, nie ... natürlich, was war ich schon für dich: Sokrates, der Hanswurst, Sokrates Onutschin, die kostenlose Zugabe zur Gitarre. Wer von euch hat denn Sokrates ernst genommen? Ich bin doch nur ein Witz meiner Mutter. Und dabei haben wir heute ein Fest, fratres. Wir wollen singen und lachen wie früher:

Ech, gebt den Hunden Fleisch,
sie werden es zerbeißen ...«

»Ich bin dran!« Natka richtete sich ohne Hast gemächlich auf, unter dem dünnen Kleid zeichnete sich ihre schwere Brust ab.

Genka stand da mit verkrampften Schultern.

11.

Vor mehr als zwanzig Jahren kamen drei Pädagogen frisch aus dem Hörsaal in die Schule. Zwei junge Männer mit Ordensspangen und Medaillen an den Aufschlägen ihrer abgewetzten Jacken und ein Mädchen mit einer Unmenge Haar auf dem Kopf und staunenden Augen. Die Schule begegnete ihnen auf unterschiedliche Weise.

Innokentij Sergejewitsch mit großer Achtung. Er war bei Belgorod verwundet worden, trug eine auffallende Kriegsspur im Gesicht – die erschreckende violette Narbe, machte aber kein Aufhebens von seiner Vergangenheit, beanspruchte keine Sonderrechte, war bescheiden, unterrichtete verständlich und anschaulich. Über ihn bildete sich sofort die einhellige feste Meinung: ein zuverlässiger Arbeiter, nachahmenswert.

Pawel Pawlowitsch Reschnikow war auch Frontsoldat gewesen, dreimal verwundet, mit Orden ausgezeichnet. Er geriet bald mit der Schule in Konflikt. Seiner Ansicht nach war der Lehrplan für Physik hoffnungslos veraltet. Man könne nicht nur die Newtonschen Gesetze lehren, wenn die moderne Wissenschaft von den Entdeckungen Einsteins lebe, und er begann, auf seine eigene Weise zu unterrichten. Die übrigen Lehrer hielten sich genau an die bisherigen Pläne. Diese Kollegen waren alle älter als Pawel Pawlowitsch, und sie vertraten die vernünftige Meinung, das Ei könne die Hühner nichts lehren. Bei Prüfungen fragten sie die Schüler mit Genugtuung nach Dingen, die Pawel Pawlowitsch sie nicht gelehrt hatte. Zum vollen Bruch mit der Schule kam es jedoch nicht; er unterrichtete Physik zwar nach wie vor nicht korrekt nach den Lehrplänen und auch nicht nach den Lehrbüchern, aber er wurde vorsichtiger, ließ sich nicht mehr von Inspektorenkontrollen überrumpeln und vermittelte den Schülern genug vom geforderten Stoff. In der Schule erschien Pawel Pawlowitsch nur, um seine Stunden zu geben, und verschwand sofort wieder. Zu keinem der Kollegen hatte er näheren Kontakt, diskutierte mit niemandem, drängte niemandem seine Ansichten auf. Jemand nannte ihn einmal scherzhaft tadelnd »der ewige Gastrollenspieler«, Pawel Pawlowitsch gab ungerührt zurück: »Meine Schüler nennen mich nicht so.« Er hatte immer ein paar »Auserwählte«, die er sogar zu sich nach Hause einlud und denen er Bücher lieh.

Olga Olegowna gegenüber verhielt sich die Schule anfangs indifferent – eine junge Geschichtslehrerin, nichts Besonderes, nichts Außergewöhnliches. Sie zeichnete sich nicht durch überragend guten Unterricht, nicht durch ungewöhnliche pädagogische Fähigkeiten aus, sondern durch ihren unbestechlichen Gerechtigkeitssinn. Olga Olegowna konnte – allen klar vernehmlich – Dinge aussprechen, über die andere nur in verschwiegenen Winkeln zu flüstern wagten. Speichellecker waren ihr zuwider, und ohne Rücksicht auf Obrigkeit und Autorität attackierte sie Zustände, die sie für schädlich hielt. Sie ging immer mit dem Kopf durch die Wand und blieb meistens Sieger. Die Direktoren wechselten, aber Olga Olegowna war seit fünfzehn Jahren unangefochten Unterrichtsleiter.

Sie machte Pawel Pawlowitsch oft Vorwürfe wegen seines Eremitentums, aber sie achtete seine Leidenschaft für die Wissenschaft. Für die Wissenschaft – nicht für das Lehrfach Physik. Auch sie war seit langem unzufrieden mit den Lehrplänen und äußerte es unumwunden. Reschnikow und Olga Olegowna stimmten in vielen Dingen überein. Feindseligkeit hatte es zwischen ihnen nie gegeben. Und jetzt stellte er sich gegen sie.

»Erklär.«

Pawel Pawlowitsch betrachtete sie lange und aufmerksam; sie hob herausfordernd den Kopf.

»So bist du: du kommandierst – mach! und siehst gar nicht, daß es schon getan wird. Du trompetest – vorwärts! Und zerrst andere am Rockschoß zurück, forderst – steh, wag nicht, dich zu rühren!«

»Red nicht in Scharaden, Pawel.«

»Ich meine folgendes: seit vielen Jahren bemühst du dich, in deinen Schülern Interesse und Begeisterung zu entfachen und zu entwickeln. Mich aber versuchst du zu hindern, das gleiche zu tun, indem du befiehlst: hätschel keine Lieblinge.«

»Ich bin auch jetzt strikt dagegen, jemanden vorzuziehen. Das hat nichts mit dem Bemühen zu tun, Interesse und Begeisterung der Schüler zu wecken.«

»Doch. Sehr viel sogar.«

»Das kann ich nicht einsehen.«

»Ich liebe meine Wissenschaft, möchte ihr begabte Schüler zuführen. Ich hoffe, das verurteilst du nicht?«

»Nein.«

»Warum tadelst du mich dann, daß mir Schüler gleichgültig sind, die – gelinde gesagt – von der Natur nicht für Physik begabt sind, sie nicht mögen?«

»Vielleicht sollte ich das nicht.«

»Eben. Und ebenso solltest du mich nicht tadeln, daß mich die begabten Schüler interessieren. Je mehr ein Schüler sich für Physik begeistert, um so besser gefällt er mir. Ist das natürlich oder nicht, Olga Olegowna?«

Olga Olegowna schwieg einen Augenblick.

»Natürlich«, stimmte sie dann zu.

»Ich soll also dieses natürliche Gefühl unterdrücken und so tun, als seien für mich alle Schüler gleich, durch nichts voneinander unterschieden?«

Dieses Mal antwortete Olga Olegowna nicht.

»So tun, als unterschiede ich nicht und bemühte mich auch gar nicht darum, die Begabten von den Unbegabten, die Gleichgültigen von den Interessierten zu unterscheiden. Wie soll ich dann das Interesse und die Begeisterung wecken, die du so dringend forderst? Aber wenn ich anfange zu differenzieren, dann bist du die erste, die mir Bevorzugung meiner Lieblinge vorwirft. Und du bist dabei auch gar nicht allzu weit von der Wahrheit entfernt: ich mag einige lieber als andere. Ich liebe sie, weil sie eine Hoffnung für die Wissenschaft sind, die ich unterrichte und der ich mein Leben gewidmet habe. Ich liebe sie, weil ich damit rechne, daß sie einmal außerordentlich wertvoll für die Gesellschaft sein werden.«

»Gut. Aber was wird mit den übrigen?« fragte Olga Olegowna, »mit denen, die deiner Liebe nicht würdig sind?«

»Ich gebe mir Mühe, ihnen einen Begriff von Physik zu vermitteln, mehr nicht.«

»Sie sind also für dich eine mindere Sorte Menschen, Parias, ja?«

»Aber nein! Wo denkst du hin? Ich schließe niemals aus, daß es unter ihnen Begabte, sogar viel Begabtere gibt. Aber eben nicht auf meinem

Gebiet begabt. Der Lyzeumsschüler Puschkin war in Mathematik ziemlich mittelmäßig und wäre es wahrscheinlich auch in Physik und Chemie gewesen, hätte man diese Fächer in Zarskoje Selo unterrichtet. Stell dir vor, ich sollte die Fähigkeiten eines neuen Puschkin entwickeln, ich, der ich mich in der Poesie nicht auskenne, keinen Zugang zu ihr habe. Nein, damit müssen sich andere befassen, ich würde nur ein wertvolles Talent ersticken.«

Olga Olegowna senkte den Kopf.

»Gut Pawel, in diesem Punkt magst du Recht haben. Aber ist meine Schuld so groß, daß sie dir das Recht gibt, zu behaupten, ich sei gefährlicher als Soja Wladimirowna?«

Reschnikow knurrte ärgerlich:

»Soja Wladimirowna kann zwar kein Feuer entfachen, aber sie wird auch meins nicht ersticken können. Du dagegen kannst es ersticken.«

»Was willst du von mir?«

»Nur eins – hindere mich nicht, meinen Garten zu bestellen?«

»Jeder soll bloß seinen Garten bebauen, sonst nichts?«

»Ja, sonst nichts, und das ohne Behinderung von außen.«

»Nur mit eigenen Kräften und Mitteln?«

»Wenn ich mich bei meiner Arbeit auf irgendjemand anderen verlassen würde, wäre ich entweder ein schlechter Arbeiter oder ein Faulpelz.«

Der neben Reschnikow sitzende Innokentij Sergejewitsch wandte ihm sein strenges, asymmetrisches Gesicht zu:

»Du kritisierst Olga Olegowna scharf und gibst ihr gleichzeitig miserable Ratschläge«, attackierte er den Kollegen.

»Andere habe ich nicht.«

»Heutzutage erarbeitet man alles im Kollektiv, alles! Angefangen von der Büroklammer bis zu Weltraumraketen. Und du schlägst armseliges Einzelgängertum vor – ›jeder seinen Garten allein bestellen‹, daß ich nicht lache!«

»Mein Leben lang habe ich meine Aufgaben allein gelöst. Mein Leben lang haben andere versucht, hilfreich einzugreifen, und waren dabei meist nur hinderlich.«

»Ach du Handwerker-Individualist, guck dich doch um: du bist der letzte deines Stammes. Alle deine Verwandten blieben irgendwo im späten Mittelalter. Du befiehlst der Geschichte, ihr Rad zurückzudrehen? Den Gefallen wird sie dir nicht tun, Pawel.«

In Innokentij Sergejewitschs Narbe zuckte das Äderchen.

12.

Natka saß unzugänglich aufgerichtet auf der Bank, sah an Genka vorbei.

»Genka-a«, träge dehnte sich die Stimme, »du tust mir leid. Was haben sie nicht alles über dich gesagt, du Armer! Sogar ein meuchelmörderisches Messer haben sie dir angedichtet. Mach dir nichts draus, gib nichts drauf – du bist ja rein, Genka, durch und durch bis zur Sterilität. Dich hat man im abgekochten Familienwasser gesotten, hat nicht mal gewagt, eine Prise Salz reinzustreuen. Messer in den Rücken – i woher denn!«

»Natka, bitte mach dich nicht lustig über mich.«

»Aber ich spreche doch im Ernst, Genka, ganz im Ernst. Niemand kennt dich, alle sehen dich von außen, dein Innerstes kennt keiner. Man bewundert dich: jeden Kerl kannst du unterkriegen, geradezu furchteinflößend, man muß sich vor dir in acht nehmen, damit man nicht zusammengeschlagen wird. Niemand ahnt, wie kindlich du bist, wie naiv, daß du Süßigkeiten liebst, aber Angst vor Mama hast, niemals würdest du ohne ihre Erlaubnis in die Zuckerdose greifen.«

»Wovon sprichst du eigentlich, Natka?«

»Von dir, Genka, nur von dir. Von niemandem sonst. Ein ganzes Jahr hast du mich jeden

Abend nach Hause begleitet, hast aber nicht ein einziges Mal gewagt, mich zu küssen. Und von so einem Einfaltspinsel behauptet man, er verberge ein Messer im Busen! Ich werde dich verteidigen.«

»Natka, warum bist du denn so?« Genka sah zu Boden, seine Worten klangen gequält.

»Glaubst mir wohl nicht, daß ich dich verteidige?«

»Du verhöhnst mich. Die andern sollen meinetwegen tun und lassen, was sie wollen, aber dich bitte ich . . .«

»So – die andern?« Natkas Augen blitzten wachsam. »Und ich wage es wohl nicht, was? Aber vielleicht bin ich ja wirklich traurig über dich, Genka: sie übergießen dich mit Schmutz, und du wischst ihn ab, als wär es nichts. Und traurig bin ich darüber, daß alle vor dir ersterben: vor einem wie dir – einem harten, kalten Egoisten – und noch den Hals hinhalten: wirf den Strick drüber, führe uns, Moskau zu erobern.«

»Natka, du bist böse!« schrie Juletschka auf.

»Und du?« Natka drehte sich zu ihr um. »Du bist wohl besser als ich? Du darfst wohl das Bärenjunge hetzen und quälen – und ich darf nicht?«

»Hetzen, quälen? Natka! Warum denn das?«

Hochaufgerichtet saß Natka vor Genka.

»Darum!« Ihre Stimme war hart. »Man stößt

dich von allen Seiten, aber du scharrst bloß den Sand vor der Bank mit den Füßen. Mit dir braucht man nicht zimperlich zu sein. ›Feige war der arme Wanja, aber rein, so blütenrein . . .‹ Ohne ein Körnchen Salz. Man kann nur eins tun, ihm den Mund aufreißen und reinspucken.«

Natka wandte sich ab.

Über den Laubdächern der jungen Linden schimmerten gleichmütig die Laternen. Durch das junge Gras des bröckeligen Steilufers drängte die Nacht noch dichter heran, ein paar Sternsplitter zuckten. Die Nacht roch nach Feuchtigkeit und nach Gras. Und unten lag die Stadt, von Lichtern übergossen schwamm sie im Dunst. Eine Galaxis, von menschlichen Geräuschen umhüllt: irgendwo unter diesen Lichtern lachte jemand, irgendwo kreischte ein Plattenspieler, irgendwo ratterte ein Motorrad.

»Leid tust du mir, Genka«, sagte Natka gnadenlos.

Genka preßte den Kopf in seine Hände, als habe ihm jemand ins Gesicht geschlagen.

13.

Er war einer der besten Lehrer der Schule. Auch er bestellte seinen Garten mit beispielhaftem Eifer.

»Du solltest eigentlich wissen, daß die Handwerker nicht zufällig ausgestorben sind«, sagte er mit ungeduldiger, tiefer Stimme. »Die Menschen würden nackt und bloß herumlaufen, wenn jeder für sich nach Urvätermanier seinen Garten allein mit der Hacke bestellte.«

»Warum ausgerechnet mit der Hacke?« gab Reschnikow zurück. »Ich verwende zum Beispiel alles, was die moderne Pädagogik zu bieten hat. Und ich wage zu glauben, daß ich darüber hinaus auch noch selbst einiges erfinde.«

»Vielleicht hast du einen Motorpflug erfunden und benutzt ihn heimlich in deinem Gärtchen?«

»Ich brauche keine Maschine.«

»Dummes Zeug. Wir brauchen doch alle Maschinen, alle, von der Melkerin bis zum wissenschaftlichen Experimentator. Bloß uns Lehrern sollen Klassentafel, Kreide, Schwamm und Lappen reichen. Wir sind so ausgerüstet wie der Ahnherr der modernen Pädagogik, wie Amos Comenius vor dreihundert Jahren, und versuchen trotzdem mit dem 20. Jahrhundert Schritt zu halten. Kein Wunder, daß wir uns überanstrengen. Alle Werktätigen arbeiten sieben Stunden am Tag, wir dagegen zwölf, sogar sechzehn. Mit welchen Resultaten?«

Reschnikow lächelte nachsichtig:

»Leider ist die Maschine zur Produktion geistiger Werte noch nicht erfunden, zu Produktionen der bildenden Künste, der Literatur, der

Musik ebenso wenig wie zur Wissensvermittlung.«

Innokentij Sergejewitsch rieb seine vernarbte Wange.

»Gestatte mir eine Frage. Ist Galileis Entdekkung des Jupiter ein geistiger Wert für die Menschheit oder nicht?«

Reschnikow knurrte, erwiderte aber nichts.

»Du schweigst, weil du weißt, daß Galilei diesen geistigen Wert mit Hilfe eines Mechanismus entdeckte, der unter der Bezeichnung Teleskop bekannt ist. Und die Synchrophasotronen, die deine confrères in der Physik benutzen, sind die nicht ebenfalls mit Hilfe von Maschinen geschaffen worden? Haha – und noch dazu ganz besonders komplizierten und wertvollen. Mit denen hackst du keine Kartoffeln, kannst du kein Erz zum Schmelzen bringen. Wissen und Kenntnisse erlangt man doch schon längst mit maschineller Hilfe. Dennoch gibt man sie, weiß Gott warum, immer noch sozusagen in ›Handarbeit‹ weiter.«

»Vielleicht kannst du dir ja vorstellen, wie eine pädagogische Pflanzmaschine aussehen soll?« fragte Reschnikow provozierend.

»Selbstverständlich. Das will ich meinen.«

»Nämlich wie?«

»Gehen wir vom bestehenden Handwerkertum des Pädagogen aus. Millionen von Lehrern im ganzen Land unterrichten ein und denselben

Stoff in Mathematik, Physik und den übrigen Fächern. Ein und denselben, jeder nach seinen Kräften, nach seiner Manier. Wie in früheren Jahrhunderten die Qualität eines Stiefels von der individuellen Tüchtigkeit eines Schusters abhing, so hängt jetzt die Qualität der Kenntnisse eines Schülers von seinem Lehrer ab. Gerät der Schüler an einen begabten Lehrer, der gut erklären kann, lernt er was. Gerät er an einen ungeschickten, verläßt er die Schule mit Halbwissen. Es ist das reinste Glücksspiel. Besser wäre es, aus diesen Millionen Lehrern die klügsten und pädagogisch begabtesten herauszufiltern und ihren Unterricht auf Filmstreifen zu fixieren. Dann entfällt für den Schüler die Gefahr des schlechten Lehrers, und alle erreichen den gleichen hohen Wissensstandard.«

»Stop!« unterbrach Reschnikow. »Standard! Ein seelenloser Filmstreifen soll allen eine gleiche, einzige Portion von Kenntnissen vermitteln! Wir beschäftigen uns doch aber gerade mit der Frage, wie man dem einzelnen Schüler am besten gerecht werden kann. Der eine faßt schneller auf, der andere langsamer, der dritte kommt überhaupt nicht mit. Nur ein lebendiger nicht standardisierter Mensch kann Kinder zu lebendigen, nicht standardisierten Menschen erziehen.«

Innokentij Sergejewitsch kratzte wieder seine Backe:

»Ich will doch nicht dich durch einen Filmstreifen ersetzen – Teufel nochmal! Ich will dir doch bloß einen Teil der Arbeit abnehmen, der mechanischen Arbeit, Pawel. Du brauchst dann nicht in jeder Klasse neu zu erklären, was du im vorigen Jahr, im vorvorigen, vor drei, vier, fünf Jahren erklärt hast. Der Standard-Filmstreifen gibt dir Zeit; Zeit, Pawel, damit du dich kreativ, nicht schematisch mit den Schülern beschäftigen kannst – den Begabten über die Norm zu fördern, den Unbegabten die Norm erreichen zu helfen. Dir bleibt die diffizile Arbeit, jeden Menschen im einzelnen zu entwickeln. Jeden!«

»Trotzdem muß ich die Straße mit meinen eigenen Beinen abklappern. Vielleicht schlägst du nicht gerade eine Lokomotive, sondern schlicht einen Krückstock zur Entlastung meiner müden Beine vor?«

»Hättest du denn gern eine Lokomotive, die dich gänzlich abschafft?«

»Was soll ich dann noch auf der Welt?« winkte Reschnikow ab.

»Immerhin, noch gibt es keine Maschine, die den Menschen überflüssig macht. Wird es sie jemals geben?«

»Worüber streitet ihr eigentlich?« rief die in Vergessenheit geratene Olga Olegowna dazwischen. »Es geht doch um die Frage, wie Wissenschaft vermittelt werden soll, mechanistisch oder nichtmechanistisch. Julja Studjonzewa ist bis zu den Nasenlöchern mit Kenntnissen und Wissen angefüllt ... Ich muß mich wiederholen: Häufiges Ergebnis unserer jetzigen Schulerziehung sind Menschen ohne humane Ideale. Ohne sie kann das Animalische Übergewicht bis zur Bestialität bekommen, wie bei diesen Burschen, die die Frau am Omnibus erstochen haben ... Ihr sucht in der Lokomotive das Heil – lächerlich! Mit einer Maschine humane Qualitäten entwickeln zu wollen!«

Reschnikow brummte befriedigt:

»Und so drehen wir uns munter im Kreis: ich bin ein Mensch, liebe dies, hasse anderes. Ich unterrichte das Meine, ihr das Eure. Und jeder hackt eben doch seinen eigenen Garten. Wenn es statt der Hacke ein Traktor ist, meinetwegen, aber die Kinder vertraue ich dem Traktor nicht an.«

Innokentij Sergejewitsch schwieg einen Augenblick, dann warf er kühl und ruhig hin:

»Vertraue ich nicht an! ... Aber vertrauen wir uns denn selbst? ...«

14.

Fünf junge Leute, eng aneinandergedrängt, sitzen auf der Bank unter der Laterne. Vor ihnen Genka.

»Bis ins Letzte! Sehr richtig! Du hast gesagt:

ich bin gefühllos. Du nennst mich ein egoistisches Glühwürmchen. Du schimpfst mich einen Verräter, der anderen das Messer in den Rücken stößt. Und du Natka, machst aus mir was Schlimmeres als einen Verräter: einen bedauernswerten Feigling, einen Waschlappen.

Bis ins Letzte, bis auf den Grund, gut –. Nur, warum ist der letzte Grund bei euch allen so verschieden? Warum seid ihr nicht einer Meinung? Wer hat recht, wem kann ich glauben? Keinem. Ihr habt gelogen. Alle habt ihr gelogen! Warum? Was habe ich euch getan? Dir? und Dir, Natka? . . . Ganz einfach: Ihr habt die Gelegenheit benutzt zu lügen, und das mit gewaltigem Vergnügen. Daß ihr so seid, habe ich nicht gewußt. Ihr habt euch selbst entlarvt. Ich durchschaue euch nun alle. Durch und durch.«

Genka glühte.

Die Nacht trug Feuchtigkeit vom Fluß herauf und den Duft von frischgemähtem Gras. Das beleuchtete Laub der jungen Linden schien selbst diffuses Licht auszugießen. Niemand spürte die schmeichelnde Wärme der feuchten Nachtluft, niemand sah die Linden leuchten.

Vorgeneigt schleuderte Genka seine Worte den verstört auf der Bank Dasitzenden entgegen:

»Dich kann man ohne Mühe bis auf den Grund umgraben!« Er wies auf Vera. »Du bist ja ein so guter Mensch, spreizt dich nach allen

Seiten, zeigst allen deine Güte! Hat jemand einen Schnupfen, schon bist du da, um ihm die Nase zu putzen. Alle können sehen, wie hilfsbereit du bist. Und warum bist du so? Weil du mit nichts anderem imponieren kannst. Bist du klug? Bist du schön? Hast du einen starken Charakter? Such, such nur danach, wirst nichts finden. Du versteckst deine Leere unter scheinbarer Güte. Deine Güte ist Maskierung, nichts sonst.«

Sprachlos, die Augen rund wie Knöpfe, starrte Vera auf Genka. Über ihr breites Gesicht ging eine Gänsehaut. Sie bewegte sich, wollte etwas sagen, sog aber nur mit einem kleinen Schluchzer die Luft ein, aus den aufgerissenen Augen sprangen zwei Tränen.

»Ha! Heul nur! Kannst dich ja anders nicht verteidigen. Einzige Rettung: Tränen vergießen. Kein Selbstmitleid bitte, bin noch nicht fertig mit dir. Noch nicht auf dem Grund. Ganz leer bist du nämlich auch nicht. Bei dir auf dem Grund da liegt ein großer Haufen Neid. Du hockst mit Natka Arm in Arm, weil du neidisch auf sie bist, jawohl, neidisch. Und du bist neidisch auf Julka, neidisch auch auf Igor . . . Jeder von ihnen ist mehr als du, kann mehr als du. Jeden würdest du genauso verlästern wie mich. Du versteckst dich hinter Güte und springst als erste auf, wenn beschlossen wird, Jauche auszugießen.«

Vera drückte sich an Natkas Schulter. Julka schrie auf:

»Genka!«

»Was – Genka?«

»Du schmähst nicht sie – du schmähst dich selbst!«

»Vor wem? Vor euch? Mach dich nicht lächerlich! Ihr habt versucht, mich zu schmähen, du auch!«

»Du wolltest selbst, hast drauf bestanden, daß wir alles aufrichtig aussprechen . . .«

»Aufrichtig? Seit wann ist Lüge Aufrichtigkeit?«

»Ich habe gesagt, was ich denke.«

»Ich auch, genau das, und nichts anderes.«

»Wir hätten nicht . . .«

»Aha, jetzt wird dir bange! Hast begriffen, daß du jetzt drankommst.«

Juletschkas ohnehin blasses Gesicht wurde noch bleicher, die Nase spitz.

»Red nur, ich hab keine Angst.«

»Du hattest mir gerade erst deine Liebe angetragen.«

»Du-u!«

»Etwa nicht? Du hast wörtlich gesagt: laß uns zusammen Moskau erobern. Oder?«

»Schämst du dich nicht?«

»Ist es vielleicht nicht schändlich, Liebe vorzutäuschen?«

»Ich hätte Liebe vorgetäuscht?«

»Was denn sonst? Sogar mit Tränen. Und eine Minute später: Egoistischer Glühwurm! Wem soll ich glauben? Deinen reinen Tränen oder deinen stinkigen Worten? Und dabei hältst du dich noch für strikt prinzipientreu. Laß dir gesagt sein, weil du so eine gräßlich Prinzipientreue bist, *darum* mochte dich niemand in der Klasse!«

»So einer bist du?«

»Allerdings. Schlechter als du? Ja? Ich bin egoistisch, und du? Du hast dich natürlich nicht aus Egoismus in der Schule so angestrengt? Wolltest nicht aus Egoismus immer die Erste sein? Von allen lauthals gepriesen: Ach seht doch, unsere Wundervolle, ach, unsere Unvergleichliche! Wolltest du das nicht? War dir auch nur ein einziges Mal unbehaglich zu Mute, wenn man deiner Selbstliebe schmeichelte? Zehn Jahre hast du in nackter Selbstsucht verbracht. Und dann greifst du heute die Schule an – warum? Weil dich wieder die Selbstsucht gebissen hat. Immer vordrängen, sich aufdrängen, und wenn es ein einziges Mal nicht gelingt, dann aber los: dann wird Gift und Galle gespien!«

»So einer bist du?« flüsterte die gedemütigte Juletschka.

Igor hielt es nicht mehr aus:

»Bist ja komplett verrückt!«

Genka wandte sich von Juletschka ab und

Igor zu: »So, alter Freund, paß auf, jetzt rechnen wir ab.

Igor grinste schief:

»Nicht bis auf den Tod, nicht bis auf den Tod, erbarm dich!«

Von der Höhe seiner ganzen Länge herab betrachtete Genka den Freund, der seitlich am Rande der Bank saß, den Oberkörper herausfordernd krümmte, die eine Schulter hochgezogen, die große Nase kriegerisch in die Höhe gereckt.

»Stell dir vor, ich erbarme mich.«

»Das ist in der Tat furchtbar.«

»Messer in den Rücken . . . ich – dir? Sowas muß sich jemand erstmal ausdenken. Und dann: warum? Das ist die Frage?«

Igor schwieg verächtlich, ohne seine unbequeme Haltung zu ändern.

»Das Ganze ist sehr einfach. Aufs Geniale ist dieser Mensch aus. Aufrichtig, völlig aufrichtig hält er sich für einen Caesar. Unter dem tut er's nicht.«

»Was stört es dich, wenn jemand hoch von sich . . .«

»Caesar . . . Und jeder Caesar muß den hassen, der an ihm zweifelt. Den Kopf kannst du mir nicht abschlagen, Caesar, du kannst mir nur Gemeinheit anhängen: Seht, er hat ein Messer im Busen, hütet euch!«

»Bist du etwa nicht hinter meinem Rücken

über mich hergezogen? Hast du etwa nicht unsere Freundschaft verraten?«

»Warum soll es ein Verbrechen sein, dich zu kritisieren? Glaubst du denn tatsächlich, man würde dich dein Leben lang – und zwar nur dich allein – immer nur loben? Und glaubst du, daß niemand auf der Welt begabter, genialer sein könnte als du? Du – der du die Krone der Schöpfung bist, der Gipfel der Menschheit! Ja?«

»Ich kann mir mich als Gott vorstellen. Wen stört das?«

»Wen das stört? Dich Caesar! Dich allein und niemanden sonst. Kriegst ja schon jetzt Krämpfe, wenn man dich nicht als einsame Spitze anbetet. Wie wird das erst auf der Kunstakademie werden. Da gibt es ganz bestimmt Begabtere als dich. Denen, Caesar, wird es nicht im Traum einfallen, dich anzuhimmeln. Und wie wirst du das ertragen? Überall, von allen Seiten wirst du das ›Messer im Rücken‹ spüren. Überall, dein ganzes Leben lang. Verbitterung wird dich verbrennen. Statt eines Caesar wirst du ein brennender Strohwisch sein. Und das sollte mir nicht leid tun?«

Genka stand hoch über Igor, der immer noch in seiner unbequemen Haltung saß, mit vorgerecktem Kinn.

»Fein rächst du dich für das Messer im Rücken.«

»War verflucht nötig. Und kostet nix. Du wirst mit dir schon fertig werden. Hast ja selbst prophezeit: ›. . . krepier ich hinter einem Zaun‹, meinetwegen auch im weichen Bett. Das kann man nicht so genau vorherwissen. Aber ich weiß, woran du sterben wirst, unvollendeter Caesar: an Bosheit!«

Igor blinzelte; sagte heiser:

»Na, denn schönen Dank auch.«

»Wofür, Caesar?«

»Für die Warnung. Ehrenwort, werd draus lernen.«

Genka verzog den Mund:

»Wirst du vielleicht umdenken? Aufhören, dich für genial zu halten?«

»Das auch.«

»Höchste Zeit. Was bist du schon für'n Caesar, Teufel auch.«

Genkas Gesicht wirkte blutlos, bläulich, die höhnisch verzogenen Lippen schwarz.

»Freust du dich jetzt?« Igor hauchte es fast.

Genkas Lippen verzerrten sich noch mehr, er antwortete nicht.

»Ob du dich freust, du Vieh?!«

Genka bleckte nur die Zähne. Da sprang Igor auf, schrie ihm keuchend in das grinsende bläuliche Gesicht:

»Ich habe nie davon geträumt, ein Henker, ein Mörder zu werden! Ich störe durch meine Träume – wen denn und wodurch?«

Genkas Zähne schimmerten.

»Träum doch auch! Wer verbietet es dir? Träum dich als Napoleon, als Caesar oder Jesus Christus! Du willst nicht! Du kannst nicht! Dann wag nicht, es andern zu verbieten ... Neidhammel!!«

Der zerzauste, langnasige Igor stampfte vor dem hochgewachsenen Genka auf und ab. Der hörte zu und bleckte die Zähne.

15.

»Seien wir uns doch klar darüber, wovon wir träumen. Nur davon, die Schüler optimal mit Kenntnissen auszurüsten? Nein, wir träumen davon, bessere Menschen zu entwickeln. Wir träumen von der Vervollkommnung des menschlichen Wesens. Davon wird schon seit unvordenklichen Zeiten geträumt. Es ist der ewige Menschheitstraum.«

Reschnikow räsonnierte:

»Hm, das ist keine Aufgabe im Schulmaßstab.«

»Wieso denn nicht? Ist denn die Schule als gesellschaftliche Institution keine Erscheinung höchsten Maßstabs? Zeig mir auf der Landkarte einen einzigen Ort, der ohne Schule auskommt. Nenn mir einen einzigen Menschen, der heute noch ohne Schule auskommt. Wer, wenn nicht die allgegenwärtige Schule mit ihrer Millionenarmee von Lehrern soll sich mit Aufgaben höchsten Maßstabs beschäftigen?«

»Aber du hast davon angefangen, daß wir uns selbst nicht vertrauen?« erinnerte Olga Olegowna Innokentij Sergejewitsch.

»Wir haben kein Vertrauen zu uns selbst, weil niemand von uns sich wirklich als Kämpfer innerhalb dieser Millionenarmee fühlt, jeder kämpft für sich allein. Du, Olga Olegowna bist zwar Unterrichtsleiter, aber kannst du mir viel helfen? Noch dazu wo dein Fach Geschichte ist und meins Mathematik. Und kann mir das Stadtschulamt viel helfen mit seinem methodischen Kabinett? Und die Gebietsschulbehörde und schließlich das Unterrichtsministerium – ich erwarte von ihnen Forderungen, auch Befehle – aber keine Hilfe. Ich bin ein Kämpfer in der großen Aufklärungsarmee, wir sind Millionen, aber ich und jeder einzelne von diesen Millionen, wir stehen im Kampf allein, Einzelkämpfer. Die Schule, gewiß, ist eine Erscheinung des höchsten Maßstabs, aber ich spüre es niemals.«

»Und der Filmstreifen, glaubst du, wird uns vereinen?« fragte Reschnikow mit ironischem Lächeln.

»Wie auch immer! Wenn nur der Film die Kenntnisse und Erfahrungen der besten Lehrer bringt.«

»*Wenn* er die besten bringt! In der Praxis

stoßen wir häufig auf etwas ganz anderes. Genauso wie jetzt schlechte Lehrbücher herausgegeben werden, können ja auch die Filme schlecht sein. Das ist eine zweischneidige Sache.«

»Der erste Dampfzug, der erste mechanische Webstuhl waren selbstverständlich auch noch äußerst unvollkommen, aber sie verdrängten schließlich doch den Postkutscher und die Heimarbeit am Webstuhl«, entgegnete Innokentij Sergejewitsch ruhig.

»Ach Kerl, ich sehe, du träumst davon, in der Pädagogik eine industrielle Revolution durchzuführen.«

»Selbstverständlich. Wozu hätten wir sonst die Dampfmaschinen gebraucht, wenn sie keine Veränderungen bewirkten?«

Verlegenes Schweigen.

Innokentij Sergejewitsch setzte sich, hob die Schultern. Olga Olegowna betrachtete ihn heimlich aus ihrer Ecke.

Zwanzig Jahre arbeiteten sie zusammen an der Schule, und sie hatte nicht gemerkt, wie unzufrieden Innokentij Sergejewitsch ist. Er, einer der erfolgreichsten Lehrer. Erfolgreiche bedrückt ihr Erfolg. Julja Studjonzewa war die erfolgreichste Schülerin der Schule.

»Ha!« unerwartet rührte sich der Direktor auf seinem Stuhl. »Womit beschäftigen wir uns denn hier? Reisen nach Wolkenkuckucksheim, bauen Luftbrücken. Probleme im Weltmaßstab, revolutionäre Umwälzungen? . . . Ist es nicht Zeit, Kollegen, sich wieder auf unserer sündigen Erde niederzulassen?«

16.

Igor verstummte, wendete Genka den Rükken. Die Hände in den Taschen, den zerzausten Kopf zwischen die Schultern gezogen, wippte er nervös auf den Fersen. Genka strich sich über die Stirn, er grinste nicht mehr, folgte Igor mit den Blicken.

Juletschka hatte Genka nicht aus den Augen gelassen, sagte leise:

»Gefährlich bist du.«

Und Genka schrie:

»Ihr habt euch gedacht, diesem lammfrommen Hammel, dem geben wir's, den machen wir zu Mus. Das halte ich noch lange aus. Ich bin kein Sokrates Onutschin.«

»Alter, was hab denn ich dir getan?«

Genka packte Sokrates ärgerlich an der Schulter:

»Dich beschmeißt jeder mit Dreck und du wischst ihn ab und trällerst ein Liedchen.«

»Jetzt wird er wild, fratres!«

Bedrückt, die Gitarre eng an sich gepreßt, sah Sokrates vom einen zum anderen. »Was hab ich ihm getan, fratres?« Igor starrte auf die Erde, die Ellbogen auf die Knie gestützt. Natka erhob sich.

»Mir reicht's. Ich gehe.«

Genka fuhr herum:

»Nein, du bleibst. Du gehst nicht!«

Sie hob nur leicht ihr Kinn in seine Richtung:

»Willst du mich gewaltsam zurückhalten?«

»Wenn's nötig ist, auch mit Gewalt.«

»Na, dann probier's mal!«

»Hau nur ab, hast ja bloß Angst, weil du weißt, wer jetzt drankommt.«

Natka drehte sich um:

»Wag es!«

»Ich bin ja ein Feigling. Ich fürcht mich ja, ich trau mich ja nicht.«

»Genka, laß doch.«

»Ha-ha, hahaha! Ich will aber! und ich will, daß du es hörst.«

»Genka, ich bitte dich . . .«

»Habt ihr das gehört? Sieh mal einer an: du bittest! Und wie war das früher? Früher hast du mich Feigling genannt, Waschlappen.«

»Ich bitte dich, hörst du . . «

»Ich höre. Fall auf die Knie – vielleicht lasse ich mich dann erweichen.«

»Bist wohl durchgedreht?«

»Ja, ganz recht! Durchgedreht! Aber nicht erst jetzt. Schon ein bißchen früher, als du mich vorhattest, du! Übler als alle andern, böser als alle andern, beleidigender als alle andern!«

»Wach auf, Idiot!«

»Ich bin aufgewacht. Mein ganzes bisheriges Leben habe ich im Traumland verbracht, habe Freundschaften geschlossen, geliebt, verehrt. Jetzt bin ich aufgewacht. Hört zu! Es ist gar nichts Besonderes. Ein Bild nach der Natur, sozusagen eine Momentaufnahme.«

»Du Schuft!«

»Schuft? Ja. Besonders vor dir. Fast zwei Jahre lang habe ich in deiner Gegenwart kaum zu atmen gewagt, hab schon gezittert, wenn du bloß in die Klasse kamst, ehe ich dich überhaupt sah. Schuft und Feigling – das ist wahr. Hab dich nur von weitem angeglotzt, verging fast vor Furcht, aber ich schaute und schaute: wie du den Kopf neigst, die Schultern bewegst. Ich Schuft wagte zu glauben, es gebe auf der ganzen Welt nichts Schöneres, nichts Reineres als dich. Und du gabst mir Schuft dafür in die Fresse. Und du hattest recht, warum sollte ich dir leid tun?«

»Genka . . .« Ihre Stimme zitterte, sie war plötzlich ganz weich geworden, als habe man ihr die Sprungfedern herausgezogen. »Komm, gehen wir hier weg, zusammen . . . Schluß mit allem, was war, Genka.«

»Aha, ich verstehe. Das heißt: sei schön folgsam, damit ich dann später wieder allen erzählen kann – er ist ein Feigling, ein Wicht, den ich in die Tasche stecken kann. Nein, Natka, täusch dich nicht. Du hast dir mit dem Kopf alles fein ausgedacht. Schön bist du, aber mit der Seele einer Schlange. So sehr ich dich früher liebte, so sehr hasse ich dich jetzt! Und dein Gesicht und dein Körper, den du mir ...«

»Schweig – so schweig doch!«

»Werd du nur wütend, schrei! Aber ich hab nun mal Lust, mit dir Katz und Maus zu spielen. Naja, viel herumspielen will ich nicht, ich sag es direkt. Hört zu: das war neulich, nach dem Mathematik-Examen ...«

»Bitte nicht, bitte ...«

»Ich ging zum Fluß und natürlich, ich Schuft, ging ans Ufer und dachte an sie. Ich dachte immer an sie, jede Minute. Mein erster Gedanke morgens beim Aufwachen: sie. Ich gehe also und denke. Und auf einmal ...«

»Zum letzten Mal, Genka, hab doch Mitleid!«

»Seht ihr wohl, schon wieder will sie mich einschüchtern! Und plötzlich sehe ich im Wasser, ganz dicht beim Ufer – sie!«

»Erzähl schon, los, erzähl, mach voran!« schrie Natka nun wieder gänzlich verwandelt, und ihr Schrei verhallte irgendwo in der Tiefe, bestürzt, verwirrt. ›oo-r-an, oo-r-an.‹

»Sie badet. Aus dem Wasser gucken nur Kopf und Schultern. Sie hatte mich schon längst bemerkt, lacht ...«

»Genier dich nur ja nicht, mach voran!«

›oo-r-an, oo-r-an-‹, gab die Nacht zurück.

»Ich hatte nicht gewußt, daß sie hier war, hatte es auch nicht erwartet, hatte bloß an sie gedacht, wie immer. Und dann – war ich ein Feigling. Stand da wie ein Klotz, riß das Maul auf wie ein Idiot, wußte nicht, wohin mit mir, brachte nicht mal fertig, guten Tag zu sagen.«

Natka stöhnte.

»Sie kann sich vor Lachen nicht halten. Geh weg, ruft sie, ich bin nackt.«

Natka schluchzt auf, greift sich an die Kehle.

»Nackt! Sie, die schon aus der Ferne zu betrachten, beängstigend ist. Geh weg, hatte sie gesagt. Jeder andere, aber eben kein Feigling, kein kläglicher Wicht, wäre näher herangegangen, hätte geschäkert.

Aber ich konnte nicht. Ging weg. Wenn ich sie nur von weitem sah, verwandelte sich mir die Straße. Und ich ... bin rückwärts gegangen. Rückwärts hinter die Sträucher. Da, hinter den Büschen blieb ich stehen, drehte mich ehrbar um, um nur ja nicht unglücklicherweise einen unbefugten Blick ... Aber die Ohren kann man ja nicht abschließen. Ich höre: das Wasser plätschert, das Gras raschelt. Also ist sie aus dem Wasser gestiegen ... ausgerechnet fünf Schritte von meinem Gebüsch entfernt. Mir wird heißt und kalt.«

Natka nimmt langsam ihre Hand von der Kehle, beugt den Kopf tief hinab, biegt die

Schultern vor, der Rücken krümmt sich.

»Sie bewegt sich hinter den Büschen, ich höre: ›Guck doch her!‹ Ja-a.«

Natka krümmt sich noch tiefer, ihr Gesicht ist nicht mehr zu sehen, nur die glatten, zum Scheitel hochgekämmten Haare.

»Ja-a. Ich sah hin, hatte geglaubt, sie wäre schon angezogen. Aber sie, sie ist ... hat kein Fetzchen am Leib. Ah, Teufel! Sie steht ganz und gar vor mir, hat sogar die Haare nach hinten geworfen. Und der Himmel ist so verdammt knallblau und das Wasser rabenschwarz, und die Büsche und das Gras und die Sonne ... Sie – naß, weiß, blendend. Die Schultern und alles ausgebreitet – liebe mich! Und der Mund offen, voller Zähne, lacht, fragt: ›Bin ich schön?‹«

»Sauerei!« knirscht jemand atemlos.

»Sauerei, vielleicht, sofort! Aber es gab keine Sauerei. Nein. Ich schaute hin. Natürlich schaute ich hin. Ich wollte weggucken, konnte aber die Augen nicht wegkriegen. Und bewegen konnte ich mich auch nicht. Ich war taub. Die Sonne zeigte alles bis zu den geheimsten Stellen ... Du brennst schlimmer als die Sonne. Nackte Füße im Gras, daneben ein zerknautschtes Kleid, und sie lächelt mit herabhängenden Armen, die Zähne schimmern: ›Genug. Geh jetzt!‹ Und ich gehorche. Hätte ich denn dir, dir, nicht gehorchen sollen?! Jetzt habe ich begriffen – du wolltest, daß ich dir nicht gehorchte. Du wolltest – jetzt weiß ich das.«

»Schweinerei! Trottel, du!«

»Wieder ein kleiner Irrtum. Damals – ja, da war ich ein Trottel, jetzt nicht mehr. Bin inzwischen klüger geworden, habe alles verstanden, vorhin, als du mich einen Feigling und noch Ärgeres nanntest. Vorher wäre mir nicht in den Sinn gekommen, daß du keine Göttin bist ... Du bist ganz einfach eine Hündin, die darauf wartet, daß jemand ...«

Natka richtete sich angestrengt auf, das Gesicht versteint. Statt ihrer schrie Juletschka:

»Mein Gott, wie gemein du bist, Genka!«

»Du hast keinen Grund, Natka, beleidigt zu sein. Du hast abgerechnet, hast mich Feigling geschimpft, aber nicht gesagt, inwiefern. Ist das nicht gemein? Warum soll ich dir was schuldig bleiben? Ich stehe wirklich wie ein Kretin da: so eine Gelegenheit – und ich Kamel habe sie nicht ausgenutzt! Noch jetzt stehst du vor meinen Augen: deine Brüste, deine Schenkel!«

Natka riß sich aus ihrer Versteinerung, groß, geschmeidig, warf sich auf Genka, krallte ihm die festlich lackierten Nägel ins Gesicht.

»Schuft! Schuft! Schuft!«

Genkas Kopf schwankte von einer Seite zur anderen. Schließlich konnte er ihre Handgelenke packen und sie hart zusammendrücken. Er starrte Natka wild an, auf seinen Backen und über der Nasenwurzel zeichneten sich dunkel die Spuren ihrer Nägel ab.

»Du Satan!« Natka spuckte ihm ins Gesicht. Genka stieß sie mit solcher Wucht auf die Bank zurück, daß sie auf Vera fiel, die erschrocken aufwinselte. Mit der Schulter rempelte Genka den nicht rechtzeitig ausweichenden Igor an und rannte in die Schlucht hinab.

Vom Abhang her hörte man noch lange das Geräusch seiner Schritte.

Volle, dichte Nacht – wie eine Wand, wie das Ende aller Welt. Die Nacht roch nach Schlamm und Fluß.

17.

Iwan Ignatjewitsch wandte sein rotes Gesicht, die breite Athletenbrust dem leidenschaftslos düsteren Mathematiker zu, munter, in belustigtem Nichtbegreifen schlug er die Hände zusammen, verschluckte sich an seinen hervorsprudelnden Worten:

»Innokentij Sergejewitsch! Sie – wie denn, was denn – Sie verrennen sich in die reinste Manilowschtschina! Gogols Lapuschka Manilow baute in der Fantasie Brücken von der Ukraine nach St. Petersburg – Sie träumen genauso, wenn Sie meinen, unseren Kindern wäre damit gedient, nur interessante, lehrreiche Bilderchen gezeigt zu bekommen, wenn Sie meinen, Sie könnten ihnen Kenntnisse höchsten Standards vermitteln, ohne daß sie selbst sich anstrengen. Wenn so was irgendeiner von diesen jungen Pädagogen, meinetwegen unser Geograph Jewgenij Viktorowitsch, der ja gestern noch Student war, behauptete, würde es mich nicht wundern. Aber Sie? Sie sind doch ein vernünftiger, reifer Mensch mit langjähriger Erfahrung und ergeben sich solchen Fantasmagorien!«

»Fantasmagorien?« unterbrach Innokentij Sergejewitsch den belustigten direktorialen Redestrom. »Und wer sich darauf verläßt, daß man unsere Pädagogik sozusagen in Handarbeit verbessern könne, mit primitiven Mitteln, wer glaubt, sein eigenes Gärtchen mit der Hacke bestellen zu können, ist der kein Fantast?«

»Mein Gärtchen – das ist greifbare Realität«, warf Reschnikow trocken ein, »aber deine Hoffnungen, gib's ruhig zu, gehören ins Reich der Fantasie.«

»Lehrfilme zu zeigen, gehört keineswegs ins Reich der Fantasie. Wir tun es ja schon hin und wieder«, erinnerte Innokentij Sergejewitsch.

»Aber eine Revolution bewirken sie bei uns einstweilen nicht. Keineswegs!« mischte Iwan Ignatjewitsch sich von neuem ein. Eine derartige Revolution kann erst stattfinden – wenn sie überhaupt je stattfinden wird –, nachdem Tausende von Spezialfilmstudios im ganzen Lande

Hunderttausende, und nicht ab und zu einige, solcher Filme produzieren. Das hängt aber nicht von uns ab. Wir haben zu warten, ob jemand eines Tages von oben die Revolution auslöst. Und bis dahin, lieber Innokentij Sergejewitsch, sollten wir mit im Schoß gefalteten Händen dasitzen? Unsere Kinder können nicht auf irgendeine hehre Revolution warten. Sie kommen zu uns: nehmt uns auf, lehrt uns, erzieht uns, wir wachsen heran, wir fordern Bildung!«

»Machen wir's also doch wie im Altertum: jeder für sich, jeder isoliert . . .«

»Nein, eben nicht. Isolierung bringt uns nicht weiter. Sehen Sie sich doch um in unserem Kreise: wir reiben uns aneinander, schleudern uns gegenseitig auf die Matte. Gerade erst hat Olga Olegowna Soja Wladimirowna aufs Kreuz gelegt, dann tat Pawel Pawlowitsch mit Olga Olegowna genau das gleiche, Sie, Innokentij Sergejewitsch haben Pawel Pawlowitsch mattgesetzt, und ich versuche nun Frieden zu stiften. Und das nennen Sie isoliert leben und arbeiten?! Wo schon . . .«

»Auf die Matte schleudern, gut, aber das Resultat?« fragte Olga Olegowna scharf.

»Haben wir in derartigen Schlachten noch nie Resultate erzielt? Erinnern Sie sich doch, wie es in unserer Schule vor sieben Jahren aussah. Damals bedrängte man uns: Liefert hohe

Durchschnittsergebnisse und basta! Wir mußten die Zensuren hochtreiben, wagten nicht mal, die größten Dummköpfe sitzenzulassen, gingen bis zum Äußersten, unsere Schule war drauf und dran, zur Brutstätte von Unbildung zu werden. Wir versammelten uns, befehdeten uns, scharten uns zusammen, zerstritten uns, einigten uns von neuem. Jetzt gibt es keine ›Durchschnittsergebnisse‹ mehr, aber wir vermitteln solide Kenntnisse. Ist das kein Resultat? Doch, das ist ein Resultat. Aber es genügt noch nicht. Es gilt ja, dem Schüler zu helfen, hohe menschliche, hohe moralische Qualitäten zu entwickeln. Dafür haben wir uns eben diese erste Schlacht geliefert, eine kleine gewissermaßen, aber eine exemplarische und einstweilen resultatlose. Wieviel solcher Schlachten wir uns noch liefern werden, weiß ich nicht. Jedenfalls sollten wir nicht das Pferd beim Schwanz aufzäumen und sofort Resultate fordern. Von einem bin ich überzeugt, früher oder später werden wir etwas erreichen. Wir ziehen und ziehen und werden die Rübe schließlich herausziehen. Wir selbst! Wir können nicht erwarten, daß uns irgend jemand dabei hilft.«

»Sie haben einen beneidenswerten Charakter, Iwan Ignatjewitsch«, sagte Olga Olegowna und erhob sich.

»Training, Olga Olegowna, Training. Sie wissen selbst, daß ich öfter als sie alle auf die

Matte geschleudert werde. Ich habe lernen müssen, den Mut nicht zu verlieren. Nun aber ein anderer Vorschlag: beenden wir für heute unser Freistilringen, es ist spät geworden.«

18.

Auf der Bank unter den angeleuchteten Linden warf sich Natka hin und her, scheuerte die Stirn an der hölzernen Lehne:

»Der! Der! . . . Ich liebe ihn doch. Aber er! . . . schimpft mich Hündin.«

Vera beugte sich über sie:

»Natotschka, er hat ja nicht dich allein beschimpft, er hat alle, mich auch, verletzt. Und ich, siehst du, mach mir nichts draus.«

»Vor allen!! Warum? Wofür? Und alles hat er verdreht . . . Nie, niemals wollte ich, was er behauptet hat! Ein Hund ist er, ein Schurke!«

Igor fuhr nervös durch seine zerzausten Haare, ging wie ein Uhrpendel von einem Ende der Bank zum andern, hin und her, ohne zu merken, daß er dabei Sokrates, der die Gitarre gegen den Bauch gedrückt hielt, anstieß und auch Juletschka, die ihr Fichu hochgezogen hatte.

»Wenn er mich doch einfach umgebracht hätte, das wäre besser gewesen, viel besser und ehrlicher.«

»Natotschka, er hat doch alle . . .«

Sokrates, ohne Natka aus den Augen zu lassen, fragte nachdenklich:

»Warum eigentlich mich, he?«

Niemand antwortete ihm. Natka rieb die Stirn an der Banklehne.

»So einer!« Juletschka schüttelte es von den weißen Zopfschleifen bis zu den Knöcheln.

»Wenn er mich doch bloß umgebracht hätte!«

Igor blieb plötzlich stehen, reckte sich hoch auf und richtete seine große Nase auf die hysterisch schluchzende Natka:

»Er *ist* auch ein Mörder, allerdings ein unblutiger. Unblutige Mörder machen in ihren Opfern das ihnen Teuerste, ohne das sie nicht leben können, ausfindig und ...«

»Er ist gemein, bo-den-los gemein!«

»Ich hasse ihn, hasse, hasse, hasse ihn!« heulte Natka.

»Es ist vollkommen gleichgültig, mit welchen Mitteln einer mordet – Messer, Gift, Wort. Genka ist ein erbarmungsloser Mörder! Und raffiniert, so raffiniert!«

»Und warum eigentlich mich? Ich, fratres, habe ihn doch schon mal gerettet. Als Jaschka Topor was vorhatte, habe ich es ihm gesteckt ...« Sokrates streichelte seine Gitarre wie einen Säugling.

»Bei allen fand er die verwundbarste Stelle, das Teuerste – und dann erbarmungslos, gnadenlos alle, sogar Natka ...«

Natka hörte auf, sich herumzuwälzen, die Stirn auf die Bank gestützt, hockte sie nun starr in sich zusammengekrümmt.

Juletschka schüttelte es von neuem: »Wie bodenlos gemein!«

»Fratres, Jaschka Topor lauert ihm wieder auf«, erklärte Sokrates leise.

»Zwei Stiefel geben ein Paar«, knurrte Igor zwischen den Zähnen.

Natka hob die Stirn von der Lehne, stützte sich mit der Hand und richtete sich langsam auf – die Haare fielen ihr wirr über die Augen, die Nase war geschwollen, die Lippen aufgedunsen.

»Hab ich heute erst erfahren, fratres, wollte es ihm nicht gleich sagen, erst auf dem Heimweg nach dem Fest.«

Igor zuckte unwillig die Schultern:

»Was geht uns das an.«

»Mich geht es was an!« stieß Natka aus.

Ihr Gesicht wurde hart. Sie preßte die geschwollenen Lippen zusammen, hinter den ins Gesicht fallenden Haaren brannten die Augen.

»Mich geht es was an. Das ist meine Sache«, wiederholte sie lauter, Zorn in der Stimme.

»Laß sie doch. Sollen die sich doch herumbalgen, soviel sie wollen.« Igor wandte sich ärgerlich ab.

»Und deine Sache ist es auch!« Natkas unter den wirren Haaren halb verborgenen Augen blitzten Igor feindselig an. Der antwortete nicht, starrte auf die Erde.

»Er ist ein Mörder! Hast du eben selber gesagt. Mörder müssen bestraft werden. Kannst du das?«

»Gegebenenfalls werde ich mich daran erinnern.«

»Lüg doch nicht. Bist ja viel zu schlapp. Aber der da, der Jaschka Topor, der kann . . .«

»Du verlangst doch wohl nicht, daß ich Jaschka behilflich bin?«

»Jaschka ist allein Manns genug. Es soll ihn bloß niemand behindern.«

»Dann laß ihn gefälligst Manns genug sein. Spuck drauf. Für mich ist Genka ein Fremder.«

Unter wirren Haaren feindselige Augen. Igor fröstelte es unwillkürlich. Natka fragte:

»Wer von uns will Jaschka hindern, so wie damals Sokrates?«

»Ich denk nicht dran. Mir ist's egal.«

»Du lügst! Lügst! Ich hasse ihn, und du tust es auch.«

»Was willst du denn von mir?«

»Ich will, daß niemand Jaschka dadurch hindert, indem er Genka warnt aus alter Freundschaft, aus Mitleid oder einfach aus rotznasigem Edelmut. Ich will, daß alle schwören. Sofort! Vorher darf sich hier keiner wegrühren. Und von dir will ich den Schwur als erstem hören!«

»Ich habe nicht die Absicht, irgend jemandem zu helfen, weder Jaschka noch Genka.«

»Schwörst du?«

»Vielleicht – wenn es dir so wichtig ist.«

»Schwörst du oder nicht?«

»Du hast doch gehört: zwischen Genka und mir ist alles zu Ende. Ich habe keinerlei Veranlassung, zu ihm zu rennen.«

Natka starrte Igor aus bös glitzernden Augen an und wandte sich dann langsam Sokrates zu:

»Und du? Du wolltest ihn ja warnen. Willst du das immer noch?«

»Ich halte es wie ihr, fratres. Genka und ich – – – da ist nichts mehr.«

Natka drehte sich zu Vera um:

»Und du?«

»Was, Natotschka?«

»Was, was? Wirst du's ihm morgen petzen?«

»Natotschka, der Jaschka, der ist doch wie ein wildes Tier!«

»Das stimmt, fratres. Jaschka wird diesmal keine Witze machen. Er bereitet was ganz Schauderhaftes vor.«

Natka kochte vor Zorn:

»Schon macht ihr schlapp! Schon habt ihr Mitleid, fallt in Furcht und Zittern vor Jaschka, dem Bösen, Jaschka, dem Schrecklichen. Und auf geht's, um die Wette stürzt ihr hin, um Genka zu retten. Ich hasse ihn. Ich verzeihe nicht. Ich hasse euch alle!«

»Meine Sache war es, fratres, euch zu warnen. Zu entscheiden habt ihr. Ich schließe mich euch an, brauche mir für Genka kein Bein auszureißen.«

»Also, Vera?«

»Natotschka, wenn alle ...«

»Er tut dir wohl trotzdem leid?«

»Er ist mir widerlich.«

»Gibst du dein Wort, daß du weder morgen noch übermorgen, noch überhaupt jemals davon sprechen wirst?«

»Ja-a ... ich gebe es.«

»Julka, und du?«

Juletschka, das Fichu hochgezogen, stand, die geballten Fäuste an die Brust gedrückt, bleich, mit spitzer Nase, mit fadendünnen Lippen.

»Was zögerst du? Antworte!«

»Und wenn Jaschka ihn zum Krüppel schlägt ... oder ... ihn umbringt?«

»Wenn Jaschka ihn zum Kartenspielen einlüde, brauchten wir hier nicht zu reden.«

»Wenn er ihn umbringt?«

Natka stand ganz langsam von der Bank auf, die Haare verwüstet, die Augen versteckt, die Nase geschwollen, mit verzerrtem Mund ging sie auf Juletschka zu:

»Du befiehlst Mitleid? Ich soll mit ihm Mitleid haben?? Morgen wird die ganze Stadt es wissen, mit Fingern auf mich zeigen: ›läufige Hündin‹! Ich kann nicht mehr leben, aber er darf? Hach, ich würde ihn mit meinen eigenen Händen erwürgen! So hasse ich ihn. Wag es nicht, wag nicht, mir in den Weg zu treten! Nur ein Ton . . . ich habe nichts mehr zu verlieren!« kreischte Natka und drängte ihre schwere Brust gegen Juletschkas kleine Fäuste.

Böse schrie Igor dazwischen:

»Schluß jetzt! Wovon reden wir überhaupt? Jaschka – Genka. So 'n albernes Gewäsch hören wir doch nicht zum ersten Mal. Irgend jemand hat irgendwas gequatscht. Sokrates hat es aufgeschnappt, und wir fallen drauf rein. Lächerlich. Nichts wird passieren, werdet schon sehen: blödes Gerücht.«

»Nein, fratres, kein Gerücht.« Sokrates' kleines, eckiges Gesicht hatte sich in die Länge gezogen. Seine helle Stimme klang auf einmal dumpf, unruhig streichelten seine Hände die Gitarre. »Ich habe genaue und zuverlässige Nachricht. Ehrenwort!«

»Von wem? Aber keine Faxen, bitte.«

»Ich will's euch ja sagen. Nur schweigt darüber wie im Grab. Wenn Jaschka es erfährt, ist Sokrates Onutschin gewesen. Ich bin nicht Genka. Ich bin für Jaschka weniger als 'ne Laus.«

»Wer soll dich schon bei Jaschka verpetzen? Der hat hier keine Freunde. Pack aus!«

»Kennt ihr in Indien den Paschka Schmutzfink?«

»Weißt doch selbst, daß wir dort nicht eingeladen werden.«

»Das ist so ein Kleiner, ganz blond, Visage voller Sommersprossen, sie nennen ihn Schmutzfink, weil er keiner ist. Der nimmt bei mir Gitarrenstunde. Und da hat er mir unter ganz großem Ehrenwort . . . aus todsicherer Quelle, fratres, todsicher, glaubt mir!«

»Was hat Schmutzfink dir gesagt?«

»Genka fährt doch Rad auf der Ulybinskij-Chaussee. Also.«

»Was also?«

»Ihr wißt doch, wo die Chaussee vorbeiführt?«

»Die Chaussee ist lang.«

»An den Alten Steinbrüchen, fratres. Wenn Genka da vorbeikommt, wird Paschka vorspringen . . .«

»Er allein auf Genka?«

»Hört doch zu! Paschka wird in zerrissenem Hemd mit blutigem Gesicht – das malen sie ihm an – rauslaufen und schreien: ›Hilfe! Sie schlagen mich tot!‹ Nu, und wenn Genka da ankommt, wird er dann nicht anhalten? Das wißt ihr genau. Springen wird er wie ein Ziegenbock, wenn man ihn zu Hilfe ruft. Und in den Steinbrüchen da warten sie auf ihn, Jaschka und seine ganze Bande. Das letzte Mal hat Genka den Jaschka fertiggemacht. Jetzt geht es umgekehrt.«

19.

Schon wollten sie aufstehen, um sich voneinander zu verabschieden, nach Hause gehen, den überlangen Abend, mit dem das Schuljahr geendet hatte, beschließen. Ein ganz gewöhnliches Jahr angestrengter Arbeit hatte vor Aktschluß unerwartete Unruhe und Betrübnis gebracht.

Da sahen sie alle, daß Nina Semjonowna, die vergessen an der Tür saß, mit ihrem zu einem feuchten Klümpchen zusammengedrückten Taschentuch sich die Tränen abtupfte.

»Was ist Ihnen, Nina Semjonowna?«

»Ach gar nichts, nur so.«

Olga Olegowna setzte sich müde neben sie.

»Wir sind alle heute nicht recht beieinander.«

Nina Semjonowna zerrte an ihrem Taschentuch, seufzte stoßweise:

»Ich muß immer an Juletschka denken, und das macht mich so traurig . . .«

Direktor Iwan Ignatjewitsch schüttelte vorwurfsvoll den Kopf:

»Lassen Sie das, hören Sie auf, Julja Studjonzewa zu bemitleiden. Das Mädchen ist stark, Sie wissen das, es wird das Seine erreichen.«

»Ich bin ja gar nicht ihretwegen traurig, sondern meinetwegen«, lächelte Nina Semjonowna schuldbewußt.

Olga Olegowna zog die Brauen hoch: »Sie denken an Juletschka und bemitleiden sich selbst?«

»Ich habe so viel von ihr erhofft. Ja, all diese Jahre – Dummheit natürlich –, aber all diese Jahre habe ich mir ausgemalt, ich würde später einmal morgens, wenn ich die Zeitung aufschlage, dort ihren Namen lesen. Oder ich knipse den Fernseher an: es wird über sie gesprochen ... Aber nein, was denken Sie denn, ich selbst wollte doch keinen Ruhm. Es gibt Menschen, die tragen die Zeit auf ihren Schultern, so jemand wie Madame Curie. Mir kam es so vor, daß auch Juletschka ... und ich habe doch ihren Schulanfang betreut. Und mir kam es so vor, als bewege sich hier ein bedeutender Mensch von mir fort durch die Zeiten wie die Wolga von ihrer kleinen Quelle. Und heute ... heute habe ich verstanden, daß sich das nicht ereignen wird. Ja, Sie haben recht, Iwan Ignatjewitsch, man braucht sich um Juletschka keine Sorgen zu machen, sie erreicht das Ihre. Nur das Ihre – mir ist das zuwenig. Wahrscheinlich wird sie ein tüchtiger Ingenieur oder ein guter Arzt, wie es viele gibt. Das bedeutet für mich: ich bin kein besonders erfolgreicher Lehrer, solche wie mich gibt es viele. Ich schäme mich, solche Dummheiten zu sagen, aber ich hatte mich da hineingesteigert, fast zehn Jahre lang, hatte darauf gewartet, einen ganz, ganz außerordentlichen Erfolg zu haben. Jetzt habe ich begriffen, begriffen bis zu Tränen, bitte lachen Sie nicht über mich.«

Alle schwiegen, sahen betreten beiseite.

»Sie sind jung, noch sehr jung«, seufzte Iwan Ignatjewitsch. »Jeder von uns hat einmal davon geträumt, aus seinen Händen einen Giganten, ein Genie in die Welt entlassen zu dürfen.«

»Und in der Regel sind es gerade nicht die, von denen man den Höhenflug erhofft hatte«, sagte Olga Olegowna ein wenig bitter. »Keiner von uns hat zum Beispiel Erik Lobanow besonders beachtet, und jetzt ist er Professor und international berühmt.«

»Aber das beweist doch«, Nina Semjonowna versagte die Stimme vor Eifer, »das beweist doch unsere Kurzsichtigkeit, nicht zu erkennen, ob ein Mensch bedeutend wird oder nicht. Man könnte doch Genies vorhersehen.«

Wohl zum ersten Mal an diesem Abend lächelte Olga Olegowna und wiegte den Kopf mit der hochgetürmten Frisur:

»Wir sind keine Propheten – wir sind normale Menschen, absolut normale. Ein Genie vorherzusehen, ein Genie zu unterrichten, nein, dazu reichen unsere Kräfte nicht. Wir können nur das Allereinfachste, das Banalste vom Banalen lehren, das, was sich von Generation zu Generation wiederholt: die Würde des anderen zu achten, sich gegen Unterdrückung zu empören . . . und vor allem haben wir eins zu lehren, einander nicht unachtsam und leichtfertig zu verletzen und zu kränken.

»Zu lehren?!« rief Nina Semjonowna aus. »Wen? Juletschka? Genka Golikow? Igor Prouchow? Sie alle waren schon von klein auf ausnehmend gutartig. Von Anfang an, schon ehe sie in die Schule kamen, sie sind gut von Natur. Und wenn sie wirklich eines Tages anfangen sollten, andere zu kränken, dann ... dann bleibt uns nur eins, uns vor Verzweiflung am nächsten Nagel aufzuhängen.«

Innokentij Sergejewitsch drehte sein entstelltes Gesicht dem Licht zu, wies auf seine Narbe:

»Es ist nicht ausgeschlossen, daß diese Verschönerung mir ein von Natur aus gar nicht böser Mensch beibrachte. Und ich habe irgendwelche fremden Kinder zu Waisen machen müssen, ganz ohne Bosheit . . .«

Nina Semjonowna wandte erschrocken die Augen ab, rief dann emphatisch:

»Am liebsten möchte ich Tag für Tag wiederholen: Herrgott, gib mir die Kraft, mein Leben zu geben für die, die ich unterrichte! Herrgott, täusche mich nicht, mach sie alle glücklich!«

»Auch noch beten!« erboste sich Olga Olegowna. »Wir identifizieren uns auch ohne Gebet mit unserem Beruf.«

»Sehr richtig. Auch Soja Wladimirowna«, erinnerte Iwan Ignatjewitsch.

Olga Olegowna stand auf, blickte in das dunkle, beschlagene Fenster, hinter dem die still gewordene Straße lag.

»Knaben und Mädchen, Knaben und Mädchen – sie sind noch so unreif, noch gar nicht vorbereitet auf das Leben«, sie brach ab und mit dem Blick aus dem Fenster meinte sie: »Es wäre interessant zu hören, was sie jetzt über ihre Zukunft reden.«

»Sollen sie doch singen und lustig sein. An die Zukunft zu denken, haben sie morgen noch Zeit.«

Die Lehrer rutschten auf ihren Stühlen herum, standen einer nach dem anderen auf.

20.

Die Laternen beleuchteten den Platz unter den Linden – fünf Menschen und eine leere Bank. Sokrates schwieg.

Juletschka fragte zu Natka hinüber:

»Hast du das gehört?«

»Ich habe es gehört!« Die Antwort kam mit einem Ausrufungszeichen. »Was noch? Ich hasse ihn! Früher habe ich ihn geliebt. Das gebe ich zu: ich liebte ihn. Jetzt hasse ich ihn. Nie werde ich ihm verzeihen!«

›zeih-hen‹, echote die Nacht.

»Mir tut auch eine Katze leid, wenn man sie schlägt und quält. Hier ist es ein Mensch.«

»Soll's doch jeder halten, wie er will, Natka«, versuchte Igor einzulenken.

»Schon wieder klemmt's bei dir, kleiner Jesus! Mörder hast *du* ihn genannt, und jetzt willst du ihm vergeben. Du windiger Schwätzer!«

»Jaschka helfen – das erwarte nicht von mir, das tu ich nicht.«

»Folglich hilfst du Genka. Dabei hast du selber gesagt, sie passen zueinander wie ein Paar Stiefel . . .«

»Ich werde weder zu Genka rennen, noch dem andern helfen.«

»Aber ich . . .« Juletschka brach ab. »Ich würde sogar zu Jaschka gehen, ja, und ihn warnen, wenn dem Ermordung drohte.«

»Du willst zu Genka rennen? Petzen? Probier's ja nicht!«

»Was willst du denn dagegen tun? Mich an den Zöpfen festbinden?«

»Probier's . . . probiert's nur alle! Nur ein einziges Wort!«

»Igor! Hör, Igor! Du willst doch Künstler werden, du willst was für die Menschen tun. Du glaubst doch: wenn die Menschen deine Bilder ansehen, werden sie besser werden. So ist es doch, Igor? Besser! Aber jetzt willst du untätig zusehen, wie ein Mensch geschlagen, gepeinigt, vielleicht ermordet wird – dir ist das egal? Selbst gehst du nicht, andere hinderst du nicht, deine Hütte steht abseits . . . Igor! Komm, wir wollen zusammen zu Genka gehen.«

Die Handflächen an die Brust gepreßt, ging

die zerbrechliche Juletschka auf Igor zu. In ihrem kalkweißen Gesicht brannten die dunklen Augen. Igor runzelte die Stirn, sah sie nicht an:

»Blöder Mist! Glaubst du etwa, er würde auch nur mit dem Finger schnippen, wenn Jaschka uns . . .«

»Alter!« unterbrach Sokrates ihn leise. »Man muß fair bleiben, Alter! Genka hat sich immer für uns eingesetzt, hat auch Unbekannten auf der Straße geholfen. Und du weißt, wie er Jaschka fertig gemacht hat.«

»Das war einmal . . . früher hat er für mich den Teufel bei den Hörnern gepackt. Aber heute . . . ich bezweifle es.«

»Aber da stimmt doch was nicht, fratres. Igor sagt: früher – kein Zweifel. Das heißt doch, früher war er gut. Und dann sind wir über ihn hergefallen. Warum? Da stimmt doch was nicht.«

»Wer ist über wen hergefallen? Wer?« fauchte Igor. »Ich über ihn? Hast du nicht gehört, wie ich zu ihm gesagt hab, wir wollen das lassen, wollen mit dem Blödsinn aufhören. Aber nein! Er, er selbst hat sich regelrecht aufgedrängt. Hat noch gedroht: erwarte ja nicht, daß ich dich schone! Und was hat man ihm gesagt? Doch nur genau das, was gewesen ist. Und wie hat er sich uns gegenüber verhalten? Jedem einzelnen gegenüber? Wie seinen

Feind hat er mich behandelt. Dich auch, obwohl du kein böses Wort über ihn gesagt hast. Alle hat er wie Feinde behandelt. Und wir, seine Feinde, sollen ihn lieben, ihm verzeihen und ihn verteidigen? Für mich ist er ein Fremder, mich geht er nichts mehr an.«

Sokrates murmelte bekümmert etwas Unverständliches, blinzelte, streichelte seine Gitarre.

Juletschka wandte sich noch einmal an Igor:

»Laß ihn doch tausendmal schlecht sein, Igor. Soll er dir fremd geworden sein, meinetwegen. Aber er ist keine Katze – er ist ein Mensch, den sie erschlagen wollen.«

Wieder runzelte Igor die Stirn, fuhr sich mit der gespreizten Hand durch die wirren Haare.

»Verdammt nochmal! Was soll man bloß tun? Er spuckt mir in die Seele, und ich soll vor ihm in die Knie gehen . . «

Natka hatte steinern, unbewegt zugehört:

»So, nun ist Schluß mit eurem Geschwätz«, sagte sie scharf, »Schluß. Jetzt rede ich. Versucht ihr Jaschka zu verpetzen, nur mit einem einzigen Wort, dann geschieht's euch recht, dann gehe ich selbst zu Jaschka und sage ihm, wer's war.«

Sokrates' Hand fuhr über die Saiten, die Gitarre gab einen dumpfen, ziehenden Ton.

»Jawohl, ich! Habt ihr kapiert? Jaschka verzeiht nicht, statt Genka wird er dann euch ›verschönern‹.«

»Natotschka«, kreischte Vera.

»Ich bin schlecht, was? Das macht mir gar nichts aus. Noch schlechter kann ich nicht mehr werden.«

Natka richtete sich auf, warf den Kopf zurück, bitterbös waren die Augen hinter den Haaren.

»Fratres«, gab Sokrates mitleidheischend von sich.

Igor krümmte sich, er schien kleiner geworden zu sein. Juletschkas Kinn war immer noch vorgereckt, aber die Augen hatten allen Glanz verloren.

»Fratres, mich wird Jaschka als ersten . . .«

»Hau ab!« Von ihrer ganzen Höhe beugte Natka sich zu Juletschka. »An den Haaren festbinden, das hast du verdammt nötig!«

Juletschka sah Natka an und sagte leise:

»Ich gehe.«

»Julka!« ereiferte sich Sokrates. »Du kennst Jaschka nicht, Julka! Ihm sind wir beide doch völlig wurscht. Der nimmt keine Rücksicht darauf, daß du ein Mädchen bist.«

»Ich gehe.«

Sokrates bewegte fröstelnd die Schultern, trippelte nervös auf der Stelle.

»Igor, Alter! Sag's ihr doch, dieser Kuh . . . Du weißt doch, wie er ist. Sie wird sich selbst und uns alle . . . mich wird er zuerst erledigen. Jemanden umbringen, das ist ihm doch bloß wie ’n Furz. Hörst du Igor, wie ’n Furz. So hilfst du Jaschka doch bloß; als ob er ohne dich nicht zurecht käme!«

Igor fuhr sich zitternd durchs Gesicht:

»Geht doch alle zum Teufel!« Dann matt und energielos: »Den Verstand kann man drüber verlieren . . .« Und unversehens schrie er Sokrates an: »Was quasselst du überhaupt für Makulatur: Schrecklich, entsetzlich, totschlagen – Furz. Niemanden wird er totschlagen, weder Genka noch dich. Der ist doch nicht so hirnverbrannt, nicht zu kapieren, daß man ihm für sowas die Birne runterhaut. Er wird Genka verdreschen, wenn der ihn nicht vorher k.o. haut.«

»Nein, fratres, nein!« stöhnte Sokrates.

»Er will dir bloß Angst einjagen, Julka. Nichts wird passieren. Genka wird völlig heil bleiben.«

»Und wenn doch was passiert, was dann?«

»Jaschka weiß doch ganz genau: wenn irgendwo was ist – ihm werden sie als allererstem auf den Zahn fühlen.«

»Igor, du brauchst nicht zu bibbern, ich fordere dich ja schon gar nicht mehr auf, mit mir zu gehen. Ich mach’s allein. Zittre nicht und beruhige auch Sokrates, der tanzt ja vor Angst.«

»Juul-kaa«, drängte Sokrates, »weißt du auch, warum Jaschka die Alten Steinbrüche ausgesucht hat? Bloß weil’s ein finsterer Ort ist? Finstere Orte gibt es viele, mit und ohne Steinbrüche. Aber in den Alten Steinbrüchen sind Gruben – Gruben mit den Abfällen, dem Unrat, jedem giftigen Dreck aus dem Kombinat. Jaschka hat sich alles genau ausgedacht, fratres: die erschlagen Genka – und runter mit ihm in die Grube hinter der Tafel mit den gekreuzten Knochen und dem Totenschädel, wo der Zugang verboten ist. Fertig – jemand ging verloren, wo soll man ihn suchen? Am Fluß, in den Büschen. Dann wird jemand sehen – die Grube ist ja voll. Man wird Zement drüber gießen, Erde draufschütten. Das Grab ist perfekt! Denn da unten, sagt man, gibt es irgendwelche schreckliche Säuren, die alles zerfressen – Fleisch und Knochen. War mal Mensch, hat sich aufgelöst. Nichts, gar nichts ist geblieben. So kann Jaschka jeden . . .«

Überstürztes Flüstern unterbrach Sokrates, dann plötzlich Stille.

Mehr als einmal hatte es in dieser Nacht Gesprächspausen gegeben. Aber eine Stille wie jetzt hatte sie noch nicht überfallen. Weit-weit in der Ferne summte die Chaussee, die die Stadt mit dem auch in der Nacht nicht schlafenden Kombinat verband. Die Stadt selbst schlief, die geraden Lichtzeilen der Straßenlaternen waren nach allen Seiten ausgeworfen.

Über ihnen schimmerte das Laubwerk der Linden, in deren Mitte der Obelisk ragte, und die Nacht verströmte die Gerüche vom Fluß.

Genka Golikow – er stand doch eben noch hier – im weißen gestärkten Oberhemd über der breiten Brust, mit der dunklen Krawatte um den kräftigen Hals, der in die Stirn fallenden Haarwelle. Der gekränkte Genka, der die andern gekränkt hatte. 1,90 Meter groß, gutes Gesicht, steile Stirn, helle Brauen, blonde Haare ... Und dort unten, wo eine Tafel mit einem Totenschädel und zwei gekreuzten Knochen darunter den Zutritt verwehrte – die Gruben mit den stinkenden, giftigen, alles Lebendige zerfressenden Abfällen. Genka Golikow und die Gruben.

Ringsum ist es still, in der Ferne summt die Chaussee, im Laternenglanz schläft die Stadt, feuchte Nachtkühle steigt vom Fluß herauf.

Das Wort »ermorden« war in dieser Nacht schon früher gefallen, mehr als einmal. Aber bis zu diesen Schweigeminuten hatte noch keiner der gestrigen Schüler sich je vorzustellen vermocht, was es wirklich bedeutet. Jetzt plötzlich war die Vorstellung da, unmittelbar, alles durchdringend, real durch etwas Unvereinbares: Genka – und die Gruben ...

21.

Olga Olegowna und der Direktor gingen durch die schlafende Stadt. Iwan Ignatjewitsch sagte:

»Wir haben uns heute abend in allgemeine Probleme verbissen, und ich habe dabei die ganze Zeit über meinen Sohn nachgedacht. Ja, über Aljoscha. Sie wissen ja, daß er ins Institut nicht aufgenommen wurde, weil er die Prüfung nicht bestanden hat. Dumme Geschichte. Er hatte sich intensiv für das Chemisch-technologische Institut vorbereitet und versagte dann in russischer Sprache, machte Fehler im Aufsatz. Jetzt ist er erstmal Soldat ... Nicht doch – ich bin ganz und gar nicht gegen den Militärdienst, keineswegs. Ich bin sogar außerordentlich dafür, daß der Junge militärische Disziplin zu spüren bekommt, lernt, im Kollektiv zu leben, daß er sich abhärtet und die Eierschalen abwirft. Nicht die Armee beunruhigt mich, sondern Aljoscha selbst. Er war fest entschlossen, Chemiker zu werden, mit keinem einzigen Gedanken hatte er an das Militär gedacht. Aber völlig gelassen und zufrieden, ich möchte sagen, sogar mit einer gewissen Erleichterung fügte er sich dem Beschluß, der sozuagen von selbst, ohne ihn zustande gekommen war. Die Armee ist ihm durchaus recht, weil er da nicht für sich selbst aufkommen muß: auf Kommando wird aufgestanden, auf Kommando gegessen, gelernt, zu Bett gegangen. Jeder Schritt ist vorgezeichnet, in Anordnungen schriftlich fixiert – eindeutig, man braucht nichts selbst zu entscheiden. Was ist das, Olga Olegowna? Willensschwäche, Charaktermangel? Ich will gar nicht sagen, daß er absolut ohne eigenen Willen ist. Er bekam einmal einen Preis im Schilaufen. Er *bekam* ihn nicht nur, er *wollte* ihn haben, trainierte ausdauernd, unermüdlich. Aber Charakter – hm! Das kommt doch sehr drauf an. Schon als er noch zu Hause war, fühlten wir unklar, und jetzt fällt es mir immer stärker auf, daß er gar zu oft Worte benutzt wie: Die andern sagen das auch. Alle haben gesagt. Alle machen es so. Alle tragen Haare bis ins Genick, also ich auch. Alle sagen ›Pachan‹ statt ›Vater‹. Alle kriegen Sportpreise, ich will nicht zurückstehen, will zeigen, daß ich genauso wie die andern bin, Willenskraft habe und Zähigkeit. Wie alle ... als ob es sich auf diese Weise leichter leben ließe! Überhaupt nicht! Man will den andern gleichen, wieviel Kraft es einen auch kostet. Das ist nicht leichter, nur sehr viel einfacher. Leicht und einfach – das ist nicht identisch. Es ist zwar einfacher, nach Kommando zu leben, aber gewiß nicht leichter.«

Olga Olegowna blieb stehen und fragte nachdenklich:

»›Wie alle‹ ist das wirklich einfacher?«

Auch Iwan Ignatjewitsch blieb stehen.

Über ihnen brannte eine Laterne – die Straße war leer, dunkel hoben sich die Reihen der übereinanderliegenden Fenster von den lotrechten Hauswänden ab. Die Stadt schlief.

»Ja. Und in diesem Punkt ist wohl keiner von uns ohne Sünde«, erwiderte Iwan Ignatjewitsch ein wenig schuldbewußt. Wer von uns beruhigt sich nicht manchmal bei dem Gedanken ›ich mach es ja doch wie alle‹?«

»Ja, leider, und das ist sehr bedenklich; denn Leute vom Schlage ›ich mach es wie alle‹ schirmen sich unweigerlich vor Neuerungen ab, sind allem Genialen feindlich gesonnen. Das Genie bestätigt nicht, was ›alle‹ denken, also mißtrauen sie ihm und verlassen sich auf das Mittelmaß.

»Gewiß. Nicht umsonst sagt das Sprichwort: Einfältigkeit ist schlimmer als Diebstahl.«

»Nur als Diebstahl? Wurde nicht Primitivität zu jener schrecklichen Kraft, die die Hitlerleute hochschwemmte? ›Deutschland über alles!‹ Das war einfach und verständlich, verlangte nicht nach Erklärung oder Begründung, schmeichelte der Selbstliebe. Der Primitive glorifizierte Hitler.«

»Ganz gewiß. Aber ich sehe nicht recht, worauf Sie hinauswollen.«

»Darauf, daß wir sträflich blind gewesen sind.«

»Wie meinen Sie das?«

»Heute haben wir den ganzen Abend gestritten, daß die Fetzen flogen: über Methoden und Didaktik, über Laschheit und Kriminalität, rückständige Handwerkelei und technische Revolution. Aber keiner hat bemerkt, daß ...«

»Was?«

»... daß heute vor unseren Augen ein Individuum geboren wurde. Das ist ein großes Ereignis.«

»Mhm, erlauben Sie, wir sind doch alle Individuen – Sie, ich, jeder, der mir auf der Straße begegnet.«

»Alle? ... Sie selbst, Iwan Ignatjewitsch, haben gerade erst zugegeben, daß wir alle insgeheim ein wenig von der Sorte ›ich mach es wie alle‹ sind. Also verwischte, abgeschliffene, um nicht zu sagen, korrumpierte Individuen. Und das ist doch, entschuldigen Sie, ein Unding, so was wie trockenes Wasser, wacklige Festigkeit, strahlende Finsternis. Ein Individuum ist immer eine Einzelerscheinung, niemals ›wie alle‹.«

»Wenn Sie die Studjonzewa meinen – die war schon immer eine Einzelerscheinung.«

»Bisher hat sie sich von den anderen nur darin unterschieden, daß ihr das ›wie alle‹ besser gelang. Und heute kam plötzlich der Bruch: nicht ›wie alle‹, sie wagte es, sich selbst auszudrücken! Das ist ein ans Wunder grenzendes Ereignis, Iwan Ignatjewitsch.«

»Jetzt kommen Sie mir auch noch mit Wundern! Wozu diese Übertreibung?«

»Wenn man irgend etwas auf der Welt als Wunder bezeichnen kann, dann eine Geburt.

Vor unseren Augen wurde eine neue, niemandem gleiche Persönlichkeit geboren. Sie haben es nicht bemerkt.«

»Was heißt – nicht bemerkt? Schließlich haben wir den ganzen Abend doch nur über sie gesprochen.«

»Bemerkt worden sind Juljas Vorwürfe an unsere Adresse, diese Vorwürfe waren der Anlaß zu unseren Diskussionen. Aber es fiel kein Wort des Staunens, der Freude.«

»Dazu bestand auch nicht der geringste Anlaß. Worüber hätten wir uns denn freuen sollen?«

»Ja, ist denn ein nichtgenormter, selbständig denkender Mensch kein Anlaß zur Freude?«

»Schon-schon«, gab Iwan Ignatjewitsch zögernd von sich, und es war nicht recht zu unterscheiden, ob Zweifel oder Verlegenheit ihn zögern ließen.

Sie gingen weiter. Ihre Schritte hallten auf der leeren Straße – die kurzen, abgehackten von Olga Olegowna, die schweren, ein wenig schleifenden von Iwan Ignatjewitsch. Die Luft war frisch, doch von den Hauswänden wehte es undeutlich warm – die ausatmenden Mauern gaben ungern die am Tage gespeicherte Wärme wieder zurück.

22.

Das Wort »ermorden«, das einem so oft in Büchern begegnet, im Kino und beim Fernsehen, hatte auf einmal fürchterliche Gestalt angenommen.

Natka, die Hände wie blind ausgestreckt, taumelte mit weichen Knien zur Bank.

Vera wimmerte unterdrückt. Igor glich plötzlich einem zusammengeschrumpften alten Mann, dem die Hosen über dem mageren Hintern zu weit geworden sind. Sokrates mit der Gitarre trat erregt und verlegen zugleich von einem Fuß auf den andern. Juletschka, schon im Begriff fortzugehen, hielt inne. Das Schweigen dauerte an. Weit hinter der Stadt summte die Chaussee in die Nacht.

Vera schluchzte noch ein-, zweimal auf und jammerte dann:

»Mir ... mir fällt ein ...«

»Uns wird einiges einfallen müssen«, schnauzte Igor.

»Ich ... ich hatte im Physiksaal den Transformator durchbrennen lassen. Den einzigen in der ganzen Schule und so teuer. Genka sagte ...« Veras Schultern bebten, »er wär's gewesen. Ich hatte ihn nicht darum gebeten. Er hat es von sich aus auf sich genommen!«

»Wißt ihr noch, wie ich aus der Schule fliegen sollte?« fiel Sokrates hastig ein. »Ich war ziemlich mies dran. Meine Mutter völlig wild geworden, schrie außer Rand und Band immerzu, sie würde sich vergiften. Genka rettete mich. Er ging zum Weisen Oleg und zum Langen Iwan, bürgte für mich. Mir sagte er bloß: ›Ich schlag dir die Fresse ein, wenn du mich aufsitzen läßt.«

Igor kratzte sich krampfhaft das Kinn.

»Wovon quatscht ihr eigentlich? Transformator! Genka war nie so, so wie heute! Transformator . . . Erinnert euch gefälligst an etwas anderes: ich, du, Sokrates, alle in unserer Klasse, ja, jeder beliebige Bengel unserer Schule konnte mit erhobener Nase durch die Straßen spazieren, brauchte sich vor niemandem zu fürchten. Jeder wußte, Genka tritt für ihn ein. Genka war unser Beschützer, meiner, deiner, aller! Und er selbst . . . Hat er irgend jemandem etwas Böses getan? Bloß so zum eigenen Vergnügen, um zu zeigen, wie stark er war? Niemals. Nie hat er als erster zugeschlagen! Aber heute hat er uns . . .«

»Besinn dich!« unterbrach Juletschka schroff. »Wir haben ihn zuerst angegriffen und gekränkt. Wir alle. Ich auch.«

»Ich auch«, schluchzte Vera, »dabei wollte ich das doch gar nicht. Wir wollten doch bloß aufrichtig sein, bis zum letzten Grund. Und da war er schon beleidigt. Das wollte ich doch nicht.«

»Julka!« rief Igor. »Julka, sag, wie war das

mit uns? Wären wir nicht beinahe zu Jaschkas Helfern geworden?«

»Nicht beinahe, wir sind es!« entgegnete Juletschka hart. »Wir waren einverstanden, Jaschka zu helfen, indem wir schwiegen.«

Abseits auf der Bank saß Natka, steif, immer noch die Haare vor den Augen, die Lippen aufgedunsen, wund.

»Nein, Julka, nein!« In Igors Stimme klirrte Verzweiflung. »Es kam ja nicht so weit, Gott sei Dank, es kam ja nicht so weit!«

»Wollten wir schweigen oder nicht?«

Das blasse, schmale Gesicht mit den runden vorwurfsvollen Vogelaugen richtete sich streng auf Igor, der wand sich, sah zu Boden.

»Wollten wir schweigen oder nicht?«

Igor schwieg, verbarg die Unruhe. Alle schwiegen.

Natka saß abseits.

»Wir hatten beschlossen zu schweigen. Damit wurden wir zu Jaschkas Helfern! Und ... wenn auch nur für Minuten zu Mordhelfern.«

Igor brüllte auf:

»Was – wir – ihn – nein!«

»Das wollte ich doch nicht, bestimmt, ich wollte das nicht«, heulte Vera.

Igor stöhnte und wühlte in seinen Haaren.

Natka saß immer noch steif aufgerichtet auf der Bank. Vage und ungeschickt hob sie die Hände, die Finger, wie bei einem Betrunkenen, gehorchten nicht – und versuchte die Haare in Ordnung zu bringen. Es gelang nicht, kraftlos ließ sie die Hände in den Schoß fallen, sah ausdruckslos vor sich hin, sagte tonlos:

»Ich gehe . . .« und blieb unbeweglich sitzen.

Schweigen. Hinter der Stadt summte die Chaussee.

Igor ließ die Hände sinken:

»Julka«, sagte er bittend, »wir waren doch gar nicht so . . . Genka nicht, und wir auch nicht . . .«

Schweigen. Unten die wie ausgestorbene Stadt, die dunklen Wohnviertel, die geraden Zeilen der Straßenlaternen und das gespenstige Neonlicht über den Bahnhofsgebäuden. Die Chaussee summte.

»Julka, ich hab es doch gefühlt, ich fühlte es doch, erinnere dich!«

Julka sah zur Seite, erwiderte leise und müde:

»Lüg nicht. Keiner von uns hat irgend etwas gefühlt. Ich auch nicht. Jeder hat nur an sich selbst gedacht und nicht für einen Pfifferling den andern geachtet. Schändlich haben wir versagt.«

Natka stand mühsam auf.

»Ich gehe zu ihm. Niemand soll mit mir kommen, bitte.«

Und versteinerte wieder, starrte blind vor sich hin. Alle schielten zu ihr hinüber und wandten sofort verlegen die Augen wieder ab;

ihre Blicke suchten Halt am Obelisk, an der dicht mit Namen bedeckten Marmorplatte:

Artjuchow, Pawel Dmitrijewitsch – Soldat

Basajew, Boris Andrejewitsch – Soldat

Butyrin, Wassilij Georgijewitsch – Oberfeldwebel ...

Der Obelisk – vertrautes Zubehör der Stadt, so vertraut, so gewohnt, daß niemand ihm mehr Aufmerksamkeit schenkte als den Runzeln im Gesicht des Vaters. Den ganzen Abend stand der Obelisk nur wenige Schritte von ihnen entfernt, jetzt erst nahmen sie ihn wahr, blickten an ihm hinauf, sahen die Namen im Marmor, deren Vergoldung schon matt geworden war.

Nein, die, deren Namen aus dem Stein herausgemeißelt waren, lagen nicht hier. Es ist ein Grabmal ohne Tote, wie es viele in unserem Lande gibt.

Artjuchow, Pawel Dmitrijewitsch – Soldat

Basajew, Boris Andrejewitsch – Soldat ...

und noch 32 Namen, als letzter Jaschenkow, Semjon Danilowitsch – Vizefeldwebel.

Erschlagene – keiner von ihnen starb seinen eigenen Tod. Stein gewordener Stolz auf den Sieg und Mahnung an all das, was vor drei Jahrzehnten vollbracht worden war, lange vor der Geburt jener, die in diesem Augenblick die Augen abwandten.

Artjuchow, Pawel Dmitrijewitsch ...

Basajew ...

Die Toten können weder lieben noch hassen. Die Lebenden bewahren wahrscheinlich ihre Namen, um Mord und Mörder hassen zu können.

Die ehemaligen Schüler wandten die Augen ab.

Natka bewegte sich.

»Ich gehe.«

Steifbeinig ging sie am Obelisk vorbei den Abhang hinab. Lange noch hörte man Erde und Steine unter ihren Füßen knirschen.

Die Nacht hatte ihre dichte Elastizität schon verloren. Trügerisches Blau zog am Himmel auf, und einige Sterne schillerten in vormorgendlichem Silber.

23.

Der Physiker Reschnikow und der Mathematiker Innokentij Sergejewitsch wohnten im selben Haus. An der Haustür fiel ihnen unvermittelt etwas ein:

»Der wievielte ist heute?«

»Natürlich, der 22. Juni ...«

»1941!«

»Komm«, sagte Reschnikow, »ich habe noch Cognac.«

Sie stiegen in den vierten Stock, öffneten leise die Tür und begaben sich in die Küche. Reschnikow stellte die Flasche auf den Tisch.

»Es wird schon hell.«

»Liegt an der Jahreszeit.«

Damals, 1941, fielen im Morgengrauen die ersten Bomben. Und am selben Tag meldeten sich in zwei weit voneinander entfernten Städten des Landes zwei junge Kerle beim Wehrbezirkskommando. Beide hatten eben erst ihren Schulabschluß gefeiert.

Hinter dem Fenster wurde es blau. Am schmalen Küchentisch saßen zwei ehemalige Soldaten vor einer bauchigen Cognacflasche.

»Kannst du dir unsere Jungen in verschneiten Schützengräben irgendwo bei Jelna vorstellen?«

»Oder bei Leningrad, wo wir die Rinde von den Birken abrissen und fraßen?«

»Was für fabelhafte Anzüge sie heute anhatten, und was für Krawatten!«

»Und jeder hatte eine Uhr. Ich hab mir meine erste Uhr erst kaufen können, als ich schon zwei Jahre Lehrer war.«

»Laß sie nur, sie leben in einer glücklichen Zeit.«

»Es ist gar nicht so töricht, wenn Nina Semjonowna behauptet, sie seien von Natur aus gut. Sie sollen jedenfalls besser werden als wir.«

»Diese Hypothese bedarf noch des Beweises. Nimmst du noch einen Satteltrunk, Innokentij?«

»Trinken wir darauf, daß sie niemals in Schützengräben kriechen müssen.«

Im selben Haus, ein Stockwerk tiefer, lag Soja Wladimirowna in ihrem engen, einsamen Zimmer. Sie schlief nicht. Die alte Lehrerin, die schon zu unterrichten begonnen hatte, als man noch das Analphabetentum bekämpfte, weinte.

Nina Semjonowna, die heute unverhofft zur »alten Lehrerin« geworden war, war noch ganz erfüllt von mütterlicher Zärtlichkeit und Sorge: wie erwachsen meine Kleinen geworden sind! Was erwartet sie? Was wird aus ihnen werden? Aus Juletschka, aus Genka?

Sie wohnte in einem neuen Viertel am Stadtrand und ging nun ohne Eile durch die leeren Straßen, über die weiten Plätze. Die kleine Stadt, die ihr vertraut war mit jedem Sackgäßchen, jeder Kreuzung, jeder Ecke, erschien ihr jetzt in der bläulich-trüben Dämmerung großartig und geheimnisvoll.

Vor dem Aufgang zur Uferpromenade sah sie plötzlich ihre Schüler. Sie kamen die breite Treppe hinab – Sokrates mit der Gitarre, zerzaust wie immer, Igor Prouchow ernst und nachdenklich, Julja Studjonzewa mit gesenktem Kopf und die schwerfällige Vera Sherich. Ein zusammgengedrängtes Häufchen schweigender, von ihrem Fest übermüdeter junger Leute. Es sah ganz so aus, als hegten sie schon keinerlei kindliche Gedanken mehr.

Ihr fiel das Sprichwort ein: ›Das Leben ist

kein Gang durchs Feld.‹ Waren dies die ersten, die allerersten Schritte ins Leben, die sie hier beobachtete? Wie weit würde jeder von ihnen gehen? Was wird aus Juletschka? ...

Die jungen Leute gingen vorüber, ohne Nina Semjonowna zu bemerken.

Sie kamen an ihrer Schule vorbei. Im Blau-Grau des heraufdämmernden Morgens erhob sich die Schule, dehnte ihre vier Stockwerke mit den ölig dunklen Fenstern breit aus. Ungewohnt abwehrend, merkwürdig tot, vertraut und fremd zugleich. Bald wird die Sonne aufgehen, und die ölig schimmernden Fenster werden durch alle vier Stockwerke üppig in der Sonne glänzen.

Die ehemaligen Zehntkläßler betrachteten ihre Schule zu dieser ungewöhnlichen Stunde, in diesem ungewöhnlichen Zwielicht. Die Gedanken eines jeden durchdrangen die undurchsichtigen, von fettiger Dunkelheit überzogenen Fenster, liefen durch bekannte Korridore in bekannte Klassenzimmer.

Vera Sherich seufzte tief und geräuschvoll. Juletschka Studjonzewa sagte leise:

»Hier war alles verständlich.«

Lange antwortete niemand, dann sagte Igor:

»Wir müssen leben lernen, Juletschka.«

Und Vera Sherich seufzte noch einmal laut.

Am Fluß über dem pechdunklen Wasser schwankte grauer Nebel in unordentlichen Klumpen. Der nasse Rocksaum schlug Natka gegen die Beine. In vom Tau durchnäßten Stökkelschuhen durchstreifte sie die Uferbüsche und suchte Genka.

Die Nacht nach der Entlassung war zu Ende.